희망을 부르는 소녀 발리

희망을 부르는 소녀 바리

2014년 5월 20일 초판 1쇄 펴냄
2020년 1월 10일 초판 5쇄 펴냄

글쓴이 | 김선우
그린이 | 양세은
펴낸이 | 김준연
펴낸곳 | 도서출판 단비
편   집 | 최유정
등   록 | 2003년 3월 24일 제2012-000149호
주   소 | 경기도 고양시 일산서구 일중로 30 505동 404호(일산동, 산들마을)
전   화 | 02-322-0268
팩   스 | 02-322-0271
전자우편 | rainwelcome@hanmail.net

ISBN 979-11-85099-19-4   04810
         978-89-967987-4-3   (세트)
값 12,000원

국립중앙도서관 출판시도서목록(CIP)

희망을 부르는 소녀 바리
글쓴이 : 김선우. — 고양 : 단비, 2014
p. ;   cm — (단비 청소년 문학 42,195 ; 5)

ISBN 979-11-85099-19-4 04810: ₩12000
        978-89-967987-4-3 (세트)

한국 현대 소설[韓國現代小說]

813.7-KDC5
895.735-DDC21   CIP2014014031

희망을 부르는 소녀 바리

김선우 글   양세은 그림

단비
danbi

차례

프롤로그

노을 지는 수미산 서쪽 산봉우리가 분홍 연꽃잎처럼 층층이 벌어
지고 있었다. 연꽃 송이 같은 뭉게구름들이 석양빛 속에 환했다. 숨
이 턱에 차도록 달려와 너럭바위 위에 올라선 소녀가 서쪽 하늘을
바라보며 큰 숨을 몰아쉬었다. 시원한 바람이 불어왔다. 소녀가 바
람 속에 가만히 눈을 감았다. 반듯한 이마에 숱이 많은 눈썹, 도톰
한 붉은 입술을 야무지게 다문 소녀의 얼굴은 구릿빛으로 그을려
얼핏 소년처럼 보였다.

한동안 숨을 고른 소녀가 바위에서 날렵하게 뛰어내려 느티나무
잎사귀를 하나 따 오더니 입술에 물었다. 맨발의 소녀가 너럭바위
위에 선 채 풀피리를 불기 시작했다. 다정한 느낌이 가득한 소녀의
풀피리 소리는 마치 수미산 곳곳의 동물과 식물들에게 저녁 인사를

해주고 있는 것 같았다.

바람이 일렁, 불어오며 소녀의 긴 머리칼이 너울거렸다.

"어서 와, 무구야."

소녀의 풀피리 소리에 이끌린 듯 너럭바위 옆으로 투명한 형체의 말이 다가왔다. 공기로 빚어진 말이었다. 키는 소녀보다 약간 컸고 몸집은 두 배쯤 컸다. 투명한 말의 몸통에 수미산의 풍경들이 그대로 비치며 어른거렸다. 소녀가 말의 목을 안고 갈기를 쓰다듬으며 말했다.

"무구야. 오늘 할미에게서 이상한 이야기를 들었어."

바람의 말이 푸르릉, 울며 고개를 갸웃했다. 작은 산새들이 바람을 타며 날아올랐다.

"때가 되면 내 몸에서 꽃이 비칠 거래. 아픈 게 아닌데 별안간 속옷에 혈흔이 묻는다잖아. 할미는 그걸 몸에서 꽃이 비치는 거라고 말했어. 그런 날이 오면 겁먹지 말고 할미에게 말하라고…… 그날은 아주 기쁜 날이래."

무구가 가만가만 고개를 끄덕이며 소녀의 말을 정성스럽게 들었다. 무구가 고개를 끄덕일 때마다 소녀의 머리칼이 너울거리며 떠올랐다.

"꽃이 비치면…… 여자가 되는 거라는데…… 이상하지 않아? 나는 날 때부터 여자아이였는데, 여자아이여서 버려졌다는데, 몸에서 피를 흘리고 나서 여자가 된다는 건 무슨 뜻일까?"

때가 되면 자연히 그 의미를 알게 될 테니 걱정하지 말라며 바람의 말이 갈기를 흔들었다. 소녀가 무구를 향해 가만히 미소 지었다.

"오소리 아기 태어나는 거 보고 오는 길이야?"

무구가 고개를 끄덕였다. 내일은 아침 일찍 새로 태어난 아기 오소리를 보러 가야겠다고 생각하며 소녀가 수미산 북쪽 상수리나무 숲을 잠깐 바라보았다.

"참, 무구야. 여기 앉아봐. 길이 좀 맞춰봐야겠다."

투명한 바람의 말이 너럭바위 옆에 네 발을 구부리고 앉자 소녀가 품에서 기다란 풀 띠를 하나 꺼냈다. 소녀의 머리칼에서 풍겨 나오는 풀꽃 냄새를 맡으며 무구가 히이이잉, 기분 좋은 소리를 냈다. 무구의 목에 풀 띠를 대보며 소녀가 손 뼘으로 길이를 쟀다. 간지럽다는 듯이 갈기를 흔드는 무구를 향해 소녀가 반달눈으로 웃는다.

소녀의 이름은 바리. 올해 열네 살이다.

갓난아기 바리가 이 산에 버려지던 날, 무구가 바리 곁에 왔다.

어두컴컴한 함 속에서 숨이 막혀 울다가 기진하기 직전에 누군가 함 뚜껑을 열었다. 청량한 공기가 들어오자 갓난아기는 비로소 숨을 쉴 수 있었다. 처음엔 신선한 공기가 시원했지만 산속의 밤은 금방 추워졌다. 갓난아기의 몸이 서서히 차가워지며 잠에 빠져들었다가 깼을 때, 말의 형상을 한 따스한 공기덩어리가 갓난아기 곁에 있었다.

투명한 공기덩어리가 쌔액쌔액 따스한 기운을 뿜으며 갓난아기를 지켰다. 그때부터 갓난아기는 더 이상 울지 않았다. 춥지도, 불안하지도 않았다. 갓난아기가 손을 뻗어 투명하고 보드라운 말을 만져보았다. 말의 갈기를 꼭 잡은 갓난아기의 손힘이 꽤 셌다. 다행이라는 얼굴로 바람의 말이 푸르릉 울었다. 따스한 입김 같은 미풍이 갓난아기를 감싸 안은 채 어두운 밤을 지새웠다.

바람의 말 무구는 바리와 함께 수미산 곳곳을 쏘다녔다.

말을 배운 후 바리가 무구 이야기를 할미 할아비에게 했을 때, 두 분은 외로움이 만든 병이라고 바리를 걱정했다. 할미 할아비의 눈에는 무구가 보이지 않았으니까. 그때부터 바리는 혼자서 산에 올랐을 때만 무구와 이야기를 나누었다.

풀 띠를 무릎 위에 놓은 채 바리가 무구의 갈기를 쓰다듬었다. 투명한 무구의 몸에 노을빛이 스며들고 있었다.

*

"할미! 어서, 여기!"

한밤중 너럭바위까지 올라오느라 힘이 든 비럭공덕할멈이 숨을 헉헉 내쉬었다.

바리가 하자는 건 뭐든 한 번도 거절해본 적 없는 할미인지라 한밤중 굳이 너럭바위까지 산책을 하자는 바리의 성화를 못 이기는 척 따라나섰지만 이제는 정말 몸이 예전 같지 않았다. 힘들어하는 할멈을 보며 바리의 얼굴에 그늘이 스쳤다. 눈에 띄게 노쇠해져 가는 할멈이 안쓰럽고 서글펐다. 바리가 앞에서 할멈의 손을 잡아끌고 무구가 뒤에서 할멈의 엉덩이를 밀었다.

"옴마야, 웬일로 이내 몸이 바람처럼 가볍다냐? 펄펄 뛰어댕기던 환갑 때 같구먼!"

비럭공덕할멈이 이마의 땀을 닦으며 너럭바위에 도착해 한숨 돌렸다. 바리가 무구에게 찡긋하였다.

통통하게 차오르는 중인 반달이 수미산 정상에 둥두렷이 솟아있었다. 달빛이 고운 밤이었다.

바리가 할미를 너럭바위에 앉히고는 풀 띠를 목에 걸어주었다.

"할미. 생신 선물이야."

"하이고, 착하디착한 우리 아기씨 덕에 내사 오늘 복 터졌네. 꿀단지에 금은보화까지!"

합죽이 입을 오물거리며 할멈이 환하게 웃었다. 바리가 걸어준 풀 띠를 귀한 금은보화인 양 소중히 만지작거리는 할멈을 한 번 껴안고는 바리가 옷섶에서 산벚나무 잎사귀를 꺼내었다.

"금은보화는 아니지만 그보다 더 귀한 내 마음이야, 할미."

바리가 산벚나무 잎사귀를 입술로 가져갔다. 무구가 너럭바위 옆에 가만히 기대어 앉았고, 할멈이 고맙고 대견한 얼굴로 바리를 바라보며 고개를 끄덕였다. 바리의 머리칼이 너울거리며 입술 끝에서 초적 소리가 울려 퍼졌다. 밤공기에 숨구멍을 내듯이 조용히 울려 나온 초적 소리는 어느덧 낭창낭창 휘어지며 통통 뛰는 듯한 경쾌한 소리로 산자락을 타고 내렸다.

눈을 지그시 감은 채 바리의 초적 소리를 듣는 비럭공덕할멈의 얼굴에 평온하고 행복한 미소가 가득 떠올랐다.

"내 선물은 지금부터야, 할미."

바리가 할멈을 향해 속삭인 후 이번에는 옷섶에서 은방울꽃 잎사귀를 꺼내어 불기 시작했다. 그러자 수미산 서편 능선에서 잔별들이 하나둘 돋아나더니 너럭바위 쪽으로 마치 헤엄을 치듯이 너울거리며 별들이 움직여 왔다. 너럭바위 근처의 계곡 능선에 이르자 잔별들의 수는 헤아릴 수 없이 많아져서 마치 은하수가 흘러오는 것 같았다. 바리의 초적 소리는 더욱 흥이 올랐다.

"옴마나, 아기씨. 내 평생 별별 일을 다 봤지만 은하수가 하늘이 아니라 땅에서 계곡물처럼 흘러오는 건 또 첨이오!"

바리의 초적 소리에 맞추어 물결쳐 온 잔별들의 무리가 너럭바위를 둥그렇게 에워쌌을 때 바리가 초적 불기를 멈추었다.

"할미. 고마워. 내 옆에 있어줘서."

비럭공덕할멈의 눈에 눈물이 어리는가 싶었다.

잔별 하나가 솔랑솔랑 떠서 날아오더니 비럭공덕할멈의 목에 둘러진 풀 띠 위에 앉았다. 그것을 신호로 하나, 또 하나, 또 하나…… 차례차례 날아와 앉는 반딧불이들로 둥그런 풀 띠가 별구슬을 꿰어놓은 듯 반짝였다. 놀라서 두 팔을 엉거주춤 펴고 멍하니 입을 벌린 채 할멈이 기쁨의 탄성을 질렀다. 히이이잉, 무구도 탄성을 터뜨렸다.

"세상에나, 우리 아기씨! 이런 선물이라니!"

"그지, 할미? 반딧불이 목걸이는 세상천지 생겨난 이래 할미가 처음 걸어볼 거야."

"암요, 암요, 우리 아기씨. 내 죽어서도 기억할라요."

할멈의 말에 갑자기 조용해진 바리가 할멈의 손을 잡았다.

"죽는다는 말은 하지 마, 할미."

할멈이 바리의 손등을 쓰다듬으며 말했다.

"젊어선 열심히 살고 늙어 병약해지면 죽는 게 순리랍니다, 아기씨. 염려 마소."

"그래도 죽지 마, 할미. 나랑 오래 함께 있어."

할멈이 잠시 침묵하다가 참았던 기침을 한차례 쏟았다.

"언젠가 죽을 때가 와도 이 할미는 별이 되어 요 반딧불이 목걸이처럼 반짝반짝거리며 하늘에 있을 테니까 염려 말아요, 어여쁘고 어여쁜 우리 아기씨, 어디서든 이 할미가 함께 있을 테니까."

바리가 할멈의 손을 더욱 꼭 그러잡았다.

"그런 말일랑 하지 마, 할미!"

비럭공덕할멈이 바리의 머리칼을 쓰다듬으며 젖은 눈으로 고개를 끄덕거렸다.

❋

그날 밤 바리는 오랫동안 잠들지 못한 채 뒤척거렸다.

비럭공덕할멈의 기침 소리가 유난히 크게 들리는 밤이었다. 할멈의 입에서 그토록 자연스럽게 죽음에 대한 이야기가 나오는 것이 바리는 슬펐다.

'그런 말 하지 마, 할미야…….'

이불을 머리끝까지 올려 덮은 채 바리가 속말을 하며 가만 입술을 깨물었다. 무거운 것이 올려진 듯 가슴이 답답했다.

사람은 왜 태어나는 것일까. 태어난 것들은 왜 죽는 것일까. 사람은 죽으면 어디로 가는 걸까. 정말로 하늘나라의 별이 되는 걸까. 산다는 것과 죽는다는 것. 목숨이라는 말. 버려진다는 것. 보살핀다는 것…… 어린 시절부터 바리의 가슴속에 차곡차곡 쌓여온 그 모든 의문들과 함께 이제 바리에게는 서서히 다른 질문이 생겨나고 있었다. 여자아이라서 버려진 아이가 정말 여자가 된다는 것…… 할미가 이야기해준 첫꽃을 떠올리자 바리의 가슴이 싸하게 아프면서 두근거렸다.

버려도 버릴 것이고 던져도 던질 것이니

"기어코 이 핏덩이를 버려야 하겠나이까."

"그 아기는 나에겐 없는 자식이오."

"하오면 왕이시여, 자식 없는 친척이나 신하에게 주어 기르게 하면 아니 되겠나이까."

"쓸데없는 소리, 가까이서 그 음성 그 울음소리도 듣기 싫소."

"왕이시여, 왕이시여, 아기 얼굴을 한 번만 보아주소서. 천지에 어느 부모가 제 자식을 버리고도 지복을 누리겠나이까."

"그 아기가 공주로 태어난 것이 내겐 이미 화이거니, 서해 용왕에게 진상이나 보내어 복을 구할 것이오. 무엇들 하느냐."

"왕이시여, 아아 왕이시여. 죽어서 태어난 자식도 버리려 하면 기가 막히는데, 죽으라고 버리는 자식이오니 며칠만 말미를 주옵소서. 젖이나 원 없이 물리고 소첩 가슴에 열 길 뜨신 구덩이나 파서 어미 가슴에 이 아기를 먼저 묻겠나이다. 그런 후 궁 밖으로 보내겠나이다. 아니면 이 몸 가슴에 피멍이 들어 영영 살지를 못하겠나이다."

"허튼소리, 버릴 자식에게 젖은 물려 무엇에 쓰겠는가. 오늘 밤 새운 후 내일 아침 밝는 대로 내다 버리라."

"왕이시여, 하오면 왕이시여. 마지막 보내는 자식이니 이름이나 지어주옵소서."

오구대왕을 바라보는 길대부인의 눈에 원망이 가득했다.

버려도 버릴 것이고 던져도 던질 것이니 바리공주라 지으라는 오구대왕의 마지막 말이 떨어지는 순간, 눈물로 낭자해진 길대부인의 얼굴이 체념으로 일그러지는가 싶었다. 마침내 고개를 떨군 채 갓난아기를 품에 안고 일어서는 길대부인의 얼굴에서 살기가 이는 듯한 푸른 서슬이 도는 것을 지켜보던 노老상궁이 흠칫 몸을 떨었다. 이십여 년 간 길대부인을 모셔왔으나 오구대왕 앞에서 저토록 싸늘한 서슬이 서는 것을 처음 보았다.

바리공주 태어나다

핏덩어리 아기를 안고 처소로 돌아오는 길대부인의 발걸음이 몇 번이고 쓰러질 듯 휘청거렸다. 지난밤 새도록 산통이 계속되다가 여명이 틀 무렵 간신히 물이 비쳤다. 아침 첫닭이 울기 시작한 묘시*에 서 말 피를 쏟으면서 몸을 푼 직후, 일곱 번째 공주 아기를 내다 버리라는 오구대왕의 전교를 받고 그 길로 왕에게 달려갔다 오는 길이었다.

아가, 버려질 내 아가, 바리데기 우리 아가. 한울님도 무심하시지. 버려질 운명이었으면 어찌 너를 이 몸 빌려 세상에 나게 하였단 말이냐. 차라리 오지나 말지. 차라리 몸 받지나 말지.

* 십이시의 넷째 시. 오전 5시부터 7시까지의 시간.

침소에 아기를 눕히고 어린것의 얼굴을 하염없이 들여다보는 길대부인의 얼굴이 종잇장처럼 수척했다. 아기 얼굴을 들여다보며 울다가 후원으로 난 미닫이 창밖을 멍하니 내다보며 앉아있다가 다시 아기 얼굴을 들여다보기를 수시간째였다. 하루가 어찌 흘렀는지 모르게 벌써 석양이 내리고 있었다. 후원 마당으로 해산자리 같은 저녁빛이 고이고 있었다.

휘여, 아가, 버려질 내 아가야, 너에게 어찌 어미아비를 용서하라고 하겠느냐만, 네 아버님도 예전에는 저와 같지 않았단다.

둥근 미닫이창으로 들어오는 바람에 실려 후르르 배꽃 이파리 서너 점이 석양빛 속을 날아 들어와 백옥으로 깎은 물대야 위에 사뿐 떨어져 내렸다. 꽃잎 내린 자리가 파르르 떨리며 물매암이 졌다.

아가, 몹쓸 이 어미가 궁에 처음 든 때도 배꽃 분분한 봄날이었구나.

오얏꽃, 살구꽃, 사과꽃, 복숭아꽃, 배꽃이 봄기운을 다투며 만발하던 이슥한 봄날이었다. 불나국의 왕비가 되어 궁으로 들어오던 길대부인은 갓 스물의 홍안이었다. 오구대왕은 젊은 나이에 왕위에 올라 총명함과 덕으로 나라를 잘 다스렸으나 여자를 몰랐다. 백관과 여러 종실이 아뢰어 왕비 간택하기를 여러 번 청한 끝에 성사된 늦은 혼례였다. 혼례 행렬이 궐문에 들어설 때 금자수 놓인 붉은 비단 치마 위로 분분히 떨어져 내리던 희디흰 배꽃 이파리가 떠올라 아기에게 젖을 먹이던 길대부인의 눈빛이 아득해졌다.

　오구대왕은 자상한 남편이었고 국왕 내외는 금슬이 좋았다. 상궁 나인들은 어디서나 국왕과 국모의 금슬 좋음을 자랑해 마지않았다. 오구대왕은 정사에 바빴고 길대부인은 길대부인대로 내명부를 관리하기에 여념이 없는 날들이었다. 그러던 어느 날 길대부인의 첫 임신이 있었다. 혼인 후 수년 간 태기가 없다가 든 첫 임신이었다.

　첫아이의 잉태 후 해산에 이르기까지 오구대왕은 궁 안의 모든 나인들에게 지극정성으로 길대부인을 돌보도록 하명하고 여덟 달째 손수 산실청의 휘호를 달았다. 해산달이 다가오자 오구대왕은 조정의 관료들을 불러 묵은 죄인을 방송하고 햇죄인을 잡지 말라고 명하여 첫아기의 탄생을 축하하고 동티 날 일을 미연에 방지하였다. 그렇게 하여 첫 공주를 순산했을 때 오구대왕은 크게 기뻐하며 전교를 내렸다.

　"첫딸은 살림 밑천이오. 공주 낳을 적에 세자인들 아니 낳겠소. 귀하게 기르도록 하오."

　길대부인은 아들을 낳지 못한 것이 못내 송구하였으나 첫 자식을 본 오구대왕의 자식 사랑은 각별한 것이었다. 오구대왕은 아침저녁으로 첫아이를 보러 후원의 내실을 드나들었다.

　둥둥 두둥둥둥 어화 둥둥 내 딸이야. 하늘에서 뚝 떨어졌나, 땅에서 불끈 솟았나. 구름 속에 싸여져 왔나, 어디를 갔다가 너 이제 왔

22

느냐. 둥둥둥 둥둥둥 내 딸이야. 옥녀선녀 무삼선녀 하강하여 우리 공주 태어났나. 둥둥둥 내 딸이야. 우리 공주 이마 둘러볼까. 앞이마 머리꼭지 연꽃잎 꽂고 두 눈 샛별 둥실 떠오르고 아랫니 하나 나고 윗니도 하나 난다. 벙긋벙긋 웃는 입 모양이 애비 간장을 다 녹이네. 둥둥둥 두리둥둥 어화둥기둥 내 딸이야. 업어볼거나 내 공주야. 안아볼거나 내 공주야. 어서어서 잘 자라라. 아장아장 걸음마 걷는 태도 보고 방긋 웃어라 입 모양 보자. 둥둥둥 둥두기 둥둥 어화두기둥둥 내 공주야.

오구대왕의 각별한 자식 사랑을 떠올리며 길대부인의 얼굴에 미소가 떠오르다가 이내 싸늘해졌다. 궁에 들어온 이래 행복을 만끽할 수 있었던 얼마 되지 않은 기간이었다. 첫아기를 낳은 후 이삼년 터울로 둘째, 셋째 아기까지 공주를 낳고 난 후 길대부인은 바늘 방석에 앉은 듯 심사가 위태로웠다. 넷째 아이의 태기가 비쳤을 때에도 기쁜 마음에 앞서 근심이 먼저 들었다.

범부의 아내일지라도 한 집안의 대를 이을 남아를 생산치 못하면 중한 죄이거늘 한 나라의 지어미인 내가 종사를 이어갈 아들을 낳지 못할 때엔 어찌 될거나.

오구대왕의 자식 사랑도 전만 하지 못하였다. 첫 공주를 낳았을 때 발가락까지 쪽쪽 빨며 신기해하더니 둘째, 셋째 공주에 이르면서 그 각별하던 애정이 눈에 띄게 줄어들었다. 첫아이를 해산하자

마자 산실청으로 달려와 길대부인을 치쓸어안고 내리쓸어안으면서 수고했다 어르던 것이 둘째 공주를 낳았을 땐 한 식경이 지나서야 들고 셋째 공주를 낳았을 땐 두 식경이 한참 지나서야 산실청에 들어 수고했다, 한마디가 전부였다.

천상금이 지상금이 해금이를 낳아놓고 넷째 공주 달금이를 낳을 때 길대부인은 아기 낳은 자리를 걷기도 전에 울음부터 터뜨렸다. 자식이야 다 같이 이쁘고 귀한 자식이지만 조상 볼 낯이 없고 소문이 두려웠다. 무엇보다 오구대왕의 반응이 두려웠다. 왕실에서는 쉬쉬하며 아들 낳을 비방을 간구하는 비책들이 은연중에 떠돌았으나 개중 몇몇 비술들은 이미 둘째 아이를 가질 때부터 행해본 것들이었다.

넷째 공주를 낳은 후 길대부인은 오구대왕에게 아들 잘 낳을 만한 젊은 궁녀를 들이라고 읍하며 청하였다. 이삼 년 터울로 아이들을 낳았으니 길대부인의 나이 이미 서른을 훌쩍 넘긴 후였다. 아이 넷을 낳긴 했으나 이제 서른을 갓 넘긴 여자가 남편에게 아들 낳을 여자를 들이라는 청을 넣는 것이 쉬운 일은 아니었다. 해산 후 여러 날 식음을 전폐하던 길대부인이 대왕의 처소에 들어 후궁 들이기를 청하였을 때 오구대왕은 길대부인의 청을 한마디로 잘라 거절했다.

"되었소. 아직 젊으니 앞으로도 여러 자식을 생산할 수 있는 몸이거늘, 조정의 안녕을 위해서라도 정실부인인 그대에게서 아들을 봄이 마땅하지 않겠소."

그리고 다섯째 공주 별금이를 낳은 것이다. 다섯째 공주를 낳은 후에 길대부인은 상궁 나인들이 말리는 것을 뒤로 하고 피 흥건한 해산자리를 들고 후원 냇가에 나가 앉아 해산 빨래를 빨았다. 여섯째 딸아이를 낳았을 때, 왕자를 고대하던 산실청의 상궁 나인들은 아기의 탄생과 함께 모두 울음을 터뜨렸다. 길대부인은 해산자리 위에서 혀를 깨물어 자진하고자 했고 노상궁이 비단 수건을 왕비의 입속에 급히 물려야 했다. 오구대왕은 아기의 이름을 아들 낳기를 원하다가 낳은 딸이라 하여 원앙금이라 지으라 전교를 내리고는 해산한 지 삼 일이 지난 저녁에 왕비의 처소를 찾았다.

갈수록 냉담해지는 오구대왕을 탓할 수만은 없는 노릇이었다. 원앙금이를 낳고 난 후 달포가 넘도록 반쯤 넋이 나간 상태로 자리보전을 하고 있던 길대부인이 침상에서 일어나 제일 먼저 한 일은 젊은 궁인을 뽑는 일이었다. 아들 잘 낳는 사주를 타고났다고 추천된 젊은 궁인들 중 세 사람을 몸소 가려 뽑아놓고 길대부인이 왕의 침소를 찾아간 밤이었다. 밤늦도록 술상을 앞에 놓고 홀로 술잔을 기울이는 남편의 모습을 금주렴 너머로 지켜보던 길대부인은 차마 기척을 알리지 못하고 돌아서 나왔다. 마흔을 넘긴 남편의 얼굴도 수척해있었다. 젊고 패기만만하던 왕의 귀밑머리에도 흰 머리카락이 반 넘어 섞이기 시작했고 이마에 깊이 패인 주름 하나가 찬 서리 맞은 나뭇등걸처럼 외로워 보였다.

휘여, 하늘이여, 전생에 내 지은 죄가 무삼 그리 깊더이까. 이생에 아들 못 낳은 죄를 또 하나 더하였으니 내생에 이 몸은 어느 지옥을 헤매야 하겠나이까.

눈물과 탄식으로 지내던 어느 날 왕에게서 전교가 내려졌다. 일곱째 아이만큼은 반드시 대를 이을 남아를 생산해야 하니 불나국 전역의 용하다는 사찰과 산신각을 다 동원해서라도 아들 낳는 치성을 소홀히 하지 말라는 하명이었다. 문복이나 치성드리는 일을 멀리하고 믿지 않던 오구대왕이었다. 오죽하면 이런 전교를 내리게 되었을까 회한에 젖기도 잠시, 길대부인은 그날로 전국의 유명한 사찰에 방을 넣어 아들 얻기 위한 공을 들이기 시작했다. 바람 앞에 한 촉 등불을 잡는 심정이었다. 특히나 영험하다는 수미산 깊은 절집에서 백일기도를 드리고 돌아온 지 얼마 되지 않았을 때 드디어 꿈에 태기가 비쳤다. 길대부인의 몽사*를 궁금해하던 오구대왕이 물었다.

"천상에 운무 가득하고 일곱 가지 구름발과 일곱 가지 무지갯발이 서더니 대명전 대들보에 청룡 황룡 엉클어져 보이고 오른손에 보라매 받고 왼손에 백마 받아 보이고 왼 무릎에 흑거북 앉아있고

---

* 꿈에 나타난 일.

양 어깨에는 일월이 돋아 뵈더이다."

분명 태자를 얻을 몽사로다. 오구대왕은 기뻐하며 사대문에 방을
붙여 옥문을 열어 중죄인을 사하였다. 크게 기뻐하는 오구대왕 앞
에서 길대부인이 더 말하지 않은 꿈이 있었다. 양 어깨에 돋아 보이
던 일월 중에 둥싯 솟은 탐스러운 달이 길대부인의 입속으로 쑥 들
어온 것이었다. 입속에 가득 들어온 달 속에서 향기롭기 그지없는
천상의 꽃 냄새가 가득 풍겨 나오면서 길대부인의 배가 동산처럼
부풀어 올랐다.

그렇게 낳은 아이가 이 아기, 버려질 운명을 지니고 태어난 바리
공주였다.

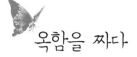

옥함을 짜다

달이 뜨겠구나, 아가. 초승달님 뜨겠구나. 달이야 날 차면 절로 둥글어지겠다마는 창파에 외돛 하나로 떠가는 우리 아가 초승달 같은 설운 운명은 인제 어찌 될거나. 휘여, 휘여.

길대부인의 탄식은 끝날 줄 모르고 방문 밖에서 안절부절못하는 나인들 역시 바늘방석이었다.

강보에 싸인 공주는 대왕의 처소에 들었다가 돌아온 내내 제 운명을 아는지 모르는지 내처 잠에 들어있었다. 핏기가 채 가시지 않은 연약한 살결 위에 숱 많은 눈썹이 흑단으로 빚은 초승달처럼 이마를 가르고 있었다. 배냇머리 밑이 새파란 기운이 도는 청머리였다.

"아가, 고만 깨어나 어미 젖 좀 먹으려무나. 이 밤 새고 너를 보내면 사는지 죽는지 이 어미는 알 도리가 없구나. 아가, 불쌍한 바리데기야, 어미 젖이나 실컷 먹고 가려무나."

길대부인이 저고리 섶을 풀고 잠에서 덜 깬 아기를 안아 올려 왼쪽 가슴 젖꼭지를 아기 입속에 물렸다. 젖을 보채지도 않는 어린것에게 한사코 젖을 먹이려 하는 어미의 마음이 애가 타서 노상궁의 눈시울이 붉어졌다.

"마마, 유모를 부르겠나이다."

"두어라, 무슨 소리! 어미젖을 빠는 것도 오늘이 마지막이다. 이 아이가 살지 아니 살지 모르겠으나 세상에 태어나 처음이자 마지막 먹는 어미젖이니라. 자식을 버려야 하는 못난 어미의 피눈물이니라. 그보다, 시간이 없다. 대왕께서는 서해 용왕에게 진상 보낸다 하였으나 나는 차마 그럴 수가 없네."

해거름 녘이 지나 어둠이 농밀해지기 시작하자 넋 놓고 앉아있던 길대부인이 서두르기 시작했다.

옥장이를 불러 옥함을 짜게 하고 함 뚜껑에 '불나국 바리공주'라 새기도록 일렀다. 혹여 연분 있는 이가 지나다가 보게 되면 귀한 자식인 줄 알고 거두어주지나 않을까, 순수한 마음이 아니더라도 상복을 기대하는 누군가라도 거두어주지 않을까, 하는 마음이었다.

옥함을 짜서 방 안에 들여놓고 길대부인은 궁 안에서 가장 좋은 비단을 끊어 오게 하였다. 먹을 갈아 오구대왕과 길대부인의 생월생시를 붉은 비단에 적어 넣은 후 흰 비단을 펼쳐놓고 앉은 길대부인이 잠시 아기를 돌아다보았다. 그러고는 오른손 무명지를 끊어 흐르는 선혈로 아기의 생월생시를 석판에 새기듯이 적어 넣었다.

아가, 후일 다시 볼 연분을 하늘이 허락하신다면 무슨 징표라도 있어야 하지 않겠느냐.

배냇저고리 안쪽에 흰 비단과 붉은 비단 자락을 손수 박음질해 꿰매는 길대부인의 눈에 다시 눈물이 고였다. 다시 보지 못한다 하더라도 후일을 기약해놓으면 살아있기라도 해줄 것만 같았다.

준비해두었던 백일 옷과 한 돌 옷도 챙겨 옥함에 넣었다. 태자 아기를 생각하며 지은 옷이라 모두 사내아이의 옷이었다. 길대부인이 두 손으로 옷가지들을 쓸어보다가 고개를 휘휘 저으며 금은으로 만든 노리개와 패물들을 챙겨 넣기 시작했다. 누군가 아기를 거두게 되면 먹이고 입히는 데 필요할 것이요 패물을 탐내어 가져갔다가도 패물만 가져가고 아기를 버려두어서야 천벌이 두려울 것이니 그리 못할 것이라는 생각이었다. 새로 깎게 한 옥병을 함 안쪽에 기울여 넣고 수명을 비는 금거북 자물쇠와 흑거북 자물쇠를 채운 후 길대부인이 옥함을 방 한쪽에 밀어놓았다. 벌써 축시*를 지나고 있었다. 새벽을 향해 가는 초승달이 인광처럼 푸른 서슬을 뿜으며 하늘의 미간에 걸쳐진 시각이었다.

---

* 십이시의 둘째 시. 오전 1시부터 3시까지의 시간.

아까참에 젖을 먹은 아기는 말똥말똥 눈을 빛내며 길대부인에게 안겨있다가 방금 다시 잠이 들었다. 깨어있을 때에도 아기는 칭얼거리지도 울지도 않았다. 작고 여린 아기의 심장박동이 전해질 때마다 길대부인은 아기의 머리를 쓰다듬으며 말랑말랑한 정수리에 입술을 갖다 대곤 했다. 심장이 창끝으로 찔리는 듯 아파왔다. 잠든 아기를 뉘어놓고 후원으로 나와 휘여, 숨을 몰아쉬는 길대부인의 얼굴이 마른 갈대처럼 창백했다. 물이 오르기 시작한 후원의 나무들이 따뜻하고 습윤한 숨을 내쉬는 봄밤이었다. 걷다가 멈추고 걷다가 멈추기를 반복하면서 오래된 배나무 앞에서 발길이 멈추었다. 길대부인이 궁에 들어온 후 처음 심은 묘목이 이 배나무였다. 배나무 둥치에 등을 기대자 배꽃 몇 이파리가 춤을 추듯 떨어져 내렸다. 떨어지는 배꽃 이파리를 바라보다 길대부인이 무너지듯 주저앉았다.

휘여, 이 무슨 지독한 운명이란 말이냐.

배꽃 이파리 한 장을 조심스럽게 손가락 끝에 올려놓았다. 꽃잎은 미세한 입김에도 훅 날아가 몇 걸음 저쪽에 사뿐 떨어졌다. 다시 한 장을 집어 들었다. 흰 꽃 이파리가 손톱 끝에서 상처가 나며 뭉개졌다. 물끄러미 손끝 위의 이파리를 들여다보던 길대부인이 갑자기 울음을 토하기 시작했다. 손으로 입을 막은 채 속으로 삼키는 통곡이었다. 궁 안에서 아녀자의 울음소리가 나서는 안 될 일이었다. 찢어진 어린 꽃잎이 바람에 쓸리며 가뭇없이 사라졌다.

아아, 서해 바닷물에 띄워 보내 물고기 밥이 되면 어찌할꼬. 산으로 보내 산짐승의 밥이 되면 어찌할꼬. 연약한 꽃잎처럼 연하디 연한 육신이 갈가리 찢겨져 밤마다 어미를 부르러 오면 어찌할꼬. 원많아 죽은 아기 혼령은 저승에 들기도 어렵다는데 우리 불쌍한 바리데기, 서러운 내 딸을 어찌할꼬.

인시*의 하늘이 검푸르게 출렁거렸다. 여명이 설핏 고인 검푸른 하늘을 덮으며 분분한 배꽃이 날리고 어디선가 입속의 붉은 피를 토하듯 소쩍새가 울었다.

아가야, 아아…… 차라리 내가 이 손으로 너를 묻어야 할까 보다. 향유를 바르고 고운 옷을 입혀서 저승길 편안하게 어미 품에서 보내야 할까 보다. 서럽지나 않게 어미의 통곡과 함께 보내야 할까 보다.

가슴을 그러쥐고 울음을 삼키던 길대부인이 휘청거리며 처소로 돌아왔다. 비단 강보에 싸여 잠이 든 아기를 하염없이 내려다보다가 노상궁에게 일러 처소로 통하는 모든 문을 닫으라 명하였다. 무릎을 꿇고 등을 구부려 잠든 아기의 이마와 코와 두 눈과 볼과 입술과 두 손과 발에 입을 맞추었다. 후원에서 따라 들어온 흰 배꽃 잎 한 장이 왕비의 어깨에 사뿐히 떨어지며 강보에 싸인 아기의 가슴 위로 내려앉았다. 왕비의 두 눈에서 굵은 눈물 한 줄기가 꽃잎 위로

* 십이시의 셋째 시. 오전 3시부터 5시까지의 시간.

툭, 떨어져 내렸다.

아가, 어미를 용서하지 말거라.

길대부인이 강보 속의 아기를 조용히 엎어놓았다.

살을 맞은 짐승처럼

엎어진 아기가 숨소리조차 내지 않다가 이윽고 울음을 터뜨리기 시작했다. 길대부인은 넋이 나간 사람처럼 주저앉아 옥대야에 받아 놓은 정화수에 향료를 풀고 있었다. 노상궁에게 일러 들이라 한 향료는 왕가의 사람들이 운명했을 때 시신을 닦는 데 쓰이는 것이었다. 옥대야에 날아 들어온 흰 배꽃 이파리에 붉은 향료가 스며들어 꽃잎이 분홍빛으로 번져갔다.

아가야, 내가 너를 씻길 것이다. 네 여리디 여린 육신을 산천의 이름 모르는 짐승들에게 주지 않을 것이다. 어디서 숨이 끊어지는 줄도 모르게 너를 버리고는 내가 살 수가 없느니. 여식으로 태어나 영문도 모르고 버려져야 하는 네 원혼을 내가 안고 갈 것이다. 이 손으로 네 주검을 씻겨 내 가슴에 먼저 묻고 나서 양지 바른 땅을 찾아 편안히 너를 묻을 것이다. 이 손으로 너를 묻고 내가 너를 지킬 것이다. 아가야, 내 딸아, 아아, 한울님…… 용서하지 마옵소서. 이 몸을 용서하지 마옵소서…….

길대부인의 동공은 풀어져 이미 제정신이 아니었다. 향료 단지에 두 손을 넣어 정신없이 향료 가루를 열 손가락 가득 찍어다가 옥대야에 넣어 휘휘 젓고 있었다. 붉은 향료가 열 손가락 끝에서 피처럼 번져가며 옥대야의 물빛이 점점 짙어져갔다. 풀어 헤쳐진 머리카락이 길대부인의 얼굴을 가르며 흘러내렸다. 애원하며 오구대왕을 바라보던 원망 가득한 두 눈에 잠시 스쳐갔던 살기가 무서리 같은 핏발로 번져있었다. 아기는 금방이라도 숨이 넘어갈 듯 울어대고 있었다. 기진해가는 아기 울음소리가 자지러지고 어흑, 어흑, 가슴을 치는 소리와 함께 흘러나오는 길대부인의 탄식에 방문 밖에서 발만 동동 구르던 노상궁이 살그머니 방문 미닫이를 열다가 흠칫하였다.

길대부인은 실성해있었다. 마구 풀어 헤쳐진 저고리 섶 사이로 젖 방울이 고여있는 퉁퉁 분 가슴을 드러내놓은 채 길대부인이 옥대야에 손을 담그고 망연하게 허공을 바라보고 있었다. 향료 가루가 묻은 손으로 얼굴을 부비고 가슴을 친 까닭에 얼굴에는 붉은 향료 물이 번져있었고 가슴팍에도 피가 흐르듯 낭자하게 향료 물이 들어있었다. 노상궁이 입을 틀어막으며 길대부인을 바라보았다. 몸을 가누지 못하고 휘청거리는 왕비는 살을 맞은 짐승 같았다. 갓 스

36

물의 왕비를 맞아 이십 년 가까이 시중 들어온 노상궁으로서는 난생 처음 보는 모습이었다.

갓 시집온 길대부인은 어린 나이에도 불구하고 왕가의 규범에 충실한 정숙한 국모로 손색이 없었다. 왕의 하명을 거스른 적이 없었고 아랫사람들에게 흐트러진 모습을 보인 적이 없는 왕비는 내명부를 다스리는 일에도 한 치의 소홀함이 없었다. 금슬이 원앙 같던 국왕 내외가 셋째 공주를 낳은 후부터 점차 소원해지기 시작했을 때에도, 오구대왕이 젊은 궁인을 들여 밤을 지낼 때에도 투기하는 모습이 없었고 거동에 품위를 잃지 않았다.

까우욱. 후원 뒤꼍 수령 깊은 배나무에서 까마귀가 울었다. 갑자기 목을 베인 듯 배꽃이 한 무더기 후두둑 흩어졌다.

휘여, 저 짐승도 우리 마마 심경을 알아챘단 말인가.

노상궁이 정신을 차리고 갸웃하다가 퍼뜩 놀랐다. 비단 강보에 싸인 공주 아기가 엎어져있는 게 아닌가. 자지러지게 울어 제끼느라 귀밑이 터질 듯 빨갛게 달아올라 있었고 제 풀에 지쳐가는지 깔딱거리면서 숨이 잦고 있었다.

"마마, 아니 되옵니다, 마마."

노상궁이 방 안으로 뛰어 들어가 아기를 바로 누이고 등을 쓸어 숨을 고른 후에 길대부인을 흔들었다. 넋이 있는지 없는지 뿌리 뽑힌 마른 갈대처럼 휘청거리는 왕비의 몸이 싸늘했다.

"두어라, 그만. 그냥 두라니까. 제 자식을 죽으라고 버리는 어미 아니더냐. 어디서 모진 죽음 당하기 전에 어미 손으로 곱게 단장해서 황천길 보낼 것이다. 수의도 따뜻하게 입혀 보내고 노자도 듬뿍 넣어 원 많은 아기 귀신 되지 않게 보낼 것이다. 허으…… 허으……, 놓으라니깐! 그만 놓으라지 않느냐!"

길대부인이 노상궁의 손을 뿌리치며 몸부림쳤다. 산발한 머리에 간신히 비껴 걸려있던 금잠이 흘러내렸다. 허위허위 손을 저으며 더는 통곡도 못하고 퀭한 눈으로 휘청거리는 왕비를 부축하던 노상궁의 손길을 갑자기 뿌리치면서 길대부인의 오른손이 옥함의 모서리를 사납게 훑고 가는가 싶었다. 금거북 자물쇠의 걸쇠 부분을 날카롭게 스치면서 엄지와 검지의 중간 부분이 깊게 찢어지는가 싶더니 붉은 핏방울이 투둑, 흘러내렸다. 허공을 휘젓던 손에서 강보 위로 피 한 방울이 툭, 뿌려지더니 길대부인의 치마폭에 또 한 방울이 툭, 떨어져 내렸다.

사나운 짐승처럼 몸부림치던 길대부인이 순간 멈칫하였다. 고개를 숙이고 흰 비단 치마에 번지는 핏방울 한 점을 까마득히 내려다보더니 이윽고 긴 한숨을 내쉬었다.

휘여, 피로구나. 피를 모아 너를 빚고 서 말 피를 다시 쏟은 후에 너를 얻었구나. 휘여, 휘여, 피로구나. 사는 일도 죽는 일도 핏방울 하나에서 시작되거니, 휘여, 삶과 죽음은 매양 한 쌍이구나. 휘여,

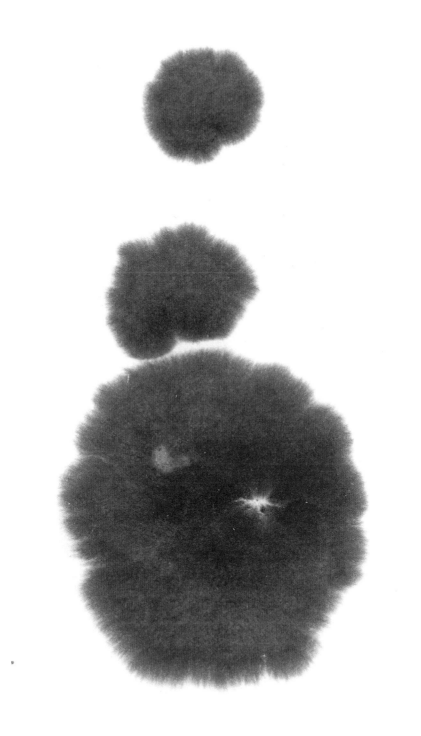

내 딸아, 너를 위해 지은 옥함의 자물쇠가 내게서 피를 내었거니 어쩌면 너는 살아 어여삐 장성할지도 모르겠구나. 네가 살려고 하는 징표로 내게서 피를 내었는지도 모르겠구나. 너를 버리는 순간부터 내 온몸의 피는 빠져나가 날마다 너에게 가느니, 살아야 한다. 꼭 살아야 하느니. 휘여, 한울님. 우리 공주를 굽어 살피소서.

길대부인이 가쁘게 숨을 고르는 아기를 가슴에 안으며 두 눈을 감았다. 광풍 후의 고요 같았다. 아침이었다. 궁 안이 부산스럽게 깨어나기 시작했다. 곧 왕의 명령을 수행할 대신이 당도할 터였다. 오구대왕은 계획한 정사를 실행하는 데 한 치의 착오도 없는 사람이었다.

정신을 수습한 길대부인이 아기에게 마지막 젖을 물린 후 옥함에 아기를 막 뉘었을 때였다. 노상궁이 대왕이 보낸 대신이 당도했음을 알렸다.

"잠시 기다리게 하라."

한 점 흔들림 없는 차갑고 단정한 명령이었다. 길대부인이 옥병을 열어 오른쪽 가슴에 대었다. 아기에게 줄 마지막 젖이었다. 달짝하게 비린 젖 냄새가 옥병 속으로 고여들면서 미지근한 보얀 젖이 옥병에 가득 찼다. 마개를 닫고 공주의 머리맡에 옥병을 뉘어놓은 후 옷매무새를 고치고 대신을 들라 명하였다.

"대왕께서 공주를 어디에다 버리라 하시더냐."

"서해 바닷가에 버려 용왕께 진상하라는 명이시옵니다."

"하여, 네가 일국의 공주를 바닷물에 버릴 작정이더냐."

"……."

"대답하라."

길대부인의 음성이 서릿발 같았다.

"대왕께서 명하심이……."

길대부인이 서탁의 서랍에서 단검 한 자루를 꺼내 칼집을 연 후에 서탁 위에 탁, 소리가 나도록 반듯하게 놓았다. 단검이 놓이는 소리가 깊은 무쇠관 바닥에 닿는 무쇠추 소리 같았다.

"다시 묻겠다. 일국의 공주인 내 딸을 네가 어디다 버릴 참이냐."

대신이 흠칫 놀라며 얼굴이 새파랗게 질렸다.

"나는 대왕을 받들어 평생을 모신 이 나라의 국모니라. 대왕께서 그처럼 분부하셨다 하나 대왕의 본심은 그렇지 않음을 내 잘 알고 있거니, 그대는 대왕의 분부를 받들지 못하는 것을 두려워할 필요 없다. 내 이처럼 분부하거니 그럼에도 만약 그대가 공주를 서해 용왕께 진상드린다면 그대 목숨은 내가 거둘 것이다. 상궁을 딸려 보낼 것이니 그가 하자는 대로 할 것이며 그대는 공주의 몸에 손끝 하나 대지 말라."

추상같은 명령이었다. 대신은 한 점 토도 달지 못하고 그대로 물러 나오면서 가슴을 쓸어내렸다.

대신을 물린 후에 길대부인이 노상궁을 불러 일러놓은 바를 다시 점검하였다. 반복해 몇 번이나 확인을 한 후 자고 있는 어린것을 안아 두 발과 가슴과 두 눈 위에 입 맞추고는 옥함에 뉘었다.

아가, 바리공주야, 살아야 한다, 살아야 한다!

아기를 마지막으로 보내는 길대부인의 태도는 일부러 아기에게 보이듯이 의연했다.

동쪽 하늘이 이미 훤히 밝아 연꽃잎 같은 분홍 기운이 산이마를 한 뼘 반쯤 훌쩍 벗어나고 있었다.

버려지다

휘여, 수미산 가는 길이 오늘따라 멀기도 멀구나. 휘여, 서러운 우리 공주 아기씨 가시는 길이 멀기도 하마 멀구나.

노상궁이 잠시 행렬을 멈추고 고단한 발을 토닥거렸다. 공주의 행렬이라 하나 옥함을 태운 흑단 가마가 한 채, 가마꾼 네 명에 대신이 타고 가는 말 한 필이 전부인 초라한 행렬이었다. 공주는 궁을 떠나온 지 두 식경이 넘도록 울음소리 한 번 내지 아니 하였다. 혹여나 하여 잠시 행렬을 멈추고 가마를 젖혀 옥함을 열어보았으나 아기는 말똥말똥 눈을 뜨고는 방싯거리기까지 하였다. 오전이 지나고 점심 무렵에 옥병의 젖을 물려준 후로는 줄곧 잠들어 있었다. 버려지기 위해 가는 길인 줄 알면야 차라리 잠들어 있는 쪽이 편할 성도 싶어 노상궁의 억장이 무너졌다.

공주 아기씨, 이제 다 온 것 같소. 저기 보이는 산봉우리가 아기씨 받아줄 수미산이지러.

아침녘에 궁에서 따라온 해는 벌써 뉘엿해지고 있었다. 불나국 왕도에서 서해까지는 잠시 길인데 하루 종일을 걸려온 길에 대신도 지쳐있었지만 가타부타 한마디 말없이 노상궁을 따르고 있었다. 길대부인의 지엄한 명령이 대신의 오금을 박아놓고 있었다.

멀리 보이는 수미산 정상은 만년설이 덮인 채였다. 길대부인이 수미산까지 찾아가라고 당부한 데에는 이유가 있었다. 바리공주를 잉태할 때 백일기도를 모신 사찰이 수미산 중턱에 있었다. 첫 번째 몽사 후 해산달이 다가올 즈음에 길대부인은 수미산을 지키는 산신령에게서 오색 구슬을 받아 삼키는 꿈을 꾸었다. 구슬을 받아 삼키고 달을 낳았는데 수미산 만년설 얼음 봉우리 위로 둥두렷이 달이 떠오르는 꿈이었다.

수미산은 불나국의 국경에 있는 산이었다. 국경 너머는 서천서역국으로 가는 길이었다. 서천서역국은 그 크기를 셈할 수 없는 광대한 나라라는 소문만 있었을 뿐 아무도 그곳에 갔다가 돌아온 사람이 없는 미지의 나라였다. 불나국과 미지의 나라 경계에 있는 수미산은 불나국 사람들에게는 쉬이 범접할 수 없는 영산이었다. 노상궁이 길대부인을 모시고 수미산에 왔던 때는 여름이었는데 그때에도 수미산 봉우리는 희끗한 만년설로 뒤덮여있었다. 산 아래가 온

통 짙푸른 녹음이던 것에 비해 송곳날처럼 솟은 희디흰 얼음 봉우리가 심장을 서늘하게 하던 산이었다. 다시 찾은 수미산 아랫녘은 물 오른 연둣빛으로 일렁이고 있었다.

"이제 다 왔소. 여기부터는 소인이 아기씨 모신 옥함을 안고 산중에 들어갔다 오겠습니다."

노상궁이 대신에게 아뢰었다. 공주를 버리는 곳을 대신에게 알리지 말라는 길대부인의 당부였다. 혹여 있을지 모르는 오구대왕의 후사가 걱정이 되어 나중에 다시 찾더라도 알지 못하게 하기 위함이었다. 대신이 잠깐 망설였으나 이내 고개를 끄덕였고 노상궁이 홀로 옥함을 안고 산속으로 길을 잡았다.

사찰이 있는 곳에 사하촌*이 있는 것은 당연한 일이었건만 수미산 자락에는 사하촌이 없었다. 산 기운이 워낙 영험한 곳이어서 범인들이 인접해 살기에는 마땅치 않다는 얘기도 있었지만 무엇보다 수미산에 깃든 영들이 인간의 세속 냄새를 싫어하여 농작물이 자라는 것을 허락치 아니 한다 하였다. 그런 수미산을 아기를 버릴 장소로 고른 것은 수미산 산신령이 주는 구슬을 받아 삼키고 달을 낳은 몽사의 영험함이 아기를 지켜줄 것을 바라는 마음도 있었으나 세속의 인간이 범접치 못하는 수미산에 더러 깃들어 산다는 야인들의

---

* 사찰 주변에 형성된 마을.

소문을 들은 적이 있기 때문이기도 했다. 보통 사람은 살기 어려운 수미산에 깃들어 살 수 있는 이들은 모두 영산인 수미산이 그 삶을 허락한 어진 이들이라 하였다. 그들은 산을 제 집 삼아 약초와 산나물을 캐 먹고 사는 이들이니 산의 곳곳을 잘 알고 있을 터였고, 모두 어진 이들이라 하니 요행히 공주를 발견하게만 된다면 공주의 생사는 걱정할 바가 없을 듯하였다.

노상궁이 산속으로 들어온 지 꽤 시간이 흘렀다. 갑자기 공주가 울음을 터뜨려 노상궁은 경황이 없었다. 아기를 어르며 계곡을 굽이 돌면 또 계곡이고 잠시 쉬어 옥병의 젖을 먹인 후 다시 길을 재촉하면 또 계곡이었다. 산의 밤은 금방이니 어서 자리를 찾아야 했다.

당귀와 황기 냄새가 나는 약초밭을 찾아야 하느니라. 수미산의 어진 이들이 약초를 캐러 자주 들르는 곳이어야 한다. 아직 약초를 캘 철은 아니 되어도 산사람들이 눈여겨 보아두고 자주 들를 만한 곳이어야 하느니. 약초밭을 찾거들랑 그 위나 아랫녘 너른 바위를 찾아야 한다. 어진 이들이 약초를 캐고 쉴 참을 보낼 만한 평평한 너럭바위를 찾아야 하느니. 그런 너럭바위 안쪽에는 반드시 처마 역할을 할 굴이 있을 것이니 혹여 여러 날을 한데서 지새우더라도 비바람 막아줄 굴 입구를 찾아야 한다. 알아듣겠느냐.

길대부인이 신신당부하던 말씀이었다.

"하이고, 이내 몸이 늙어 냄새에 둔감하고 이내 눈이 시방 어두워

약초밭을 찾기가 이토록 어렵구나."

노상궁이 노심초사하며 산비탈을 기다시피 오르는데 갑자기 눈앞에 분분한 잔설이 가득하였다.

"이 웬 잔설인고. 예까진 아직 연둣빛 초목이 흐드러졌는데 갑자기 웬 눈발인고, 눈발에선 이 웬 선약 냄새가 풍기는고."

노상궁이 가까이 기어가 올라보니 잔설이 아니라 보일락 말락 자디잘게 피어난 흰 약초 꽃밭이었다.

"옳다구나, 여기가 약초밭인갑다. 산에 사는 약초들이란 게 여름 나면서 대충 꽃 피는 법이거늘 이 봄에 웬 꽃들이 이리 만발했다누."

노상궁이 서둘러 윗녘 아랫녘을 살펴보니 윗녘의 왼편 계곡가에 너럭바위가 눈에 들어왔다. 너럭바위에 올라서니 안쪽으로 붙은 동굴 머리가 너럭바위를 반 남아 덮으면서 깊이 패여있었다. 드러난 굴의 천장에는 솔이끼며 돌단풍이 가득 덮였는데 새파랗게 물이 오른 기린초가 다복다복 우거져있었다. 기린초는 노란 꽃대궁을 내밀어 막 꽃을 틔울 준비를 하고 있었다.

"우리 마마님 분부하신 말씀이 하나 그르지 않구나. 본듯이 그린 듯이 이 장소를 어찌 아셨을꼬."

노상궁이 주위의 가랑잎을 그러모아 깔고 옥함을 내렸다. 옥병에 남은 젖을 공주에게 마저 물려준 후 강보를 목 아래까지 여미며 폭신하게 덮어드리고 빈 옥병을 들고 계곡 아래로 내려가 깨끗한 물을 가득 채워 담았다. 젖은 떨어졌지만 사시려면 물이라도 드실 것이다, 생각하며 옥병을 기울여드린 후 옥함 뚜껑을 덮고 큰절을 한 번 올리고는 서둘러 산을 내려왔다.

산 아래 거의 당도했을 때엔 이미 날은 컴컴해져 산속이 검게 입을 벌린 한 마리 커다란 짐승 같았다. 꿈을 꾼 것만 같았다. 날이 저문 산기운은 봄날이라고는 해도 등줄기를 따라 오소소한 소름을 맺히게 하는 서늘한 것이었고 산 깊은 곳에서 호랑이인지 승냥이인지 모를 산짐승이 길게 포효하는 소리가 메아리처럼 들려왔다. 저문 산 처처에서 산짐승들이 먹이를 찾기 시작하는 기척이 분분한 시각이었고 계곡 어디쯤에서 불붙은 접시처럼 번쩍이는 큰 짐승의 눈알이 횃불처럼 스쳐가는 것 같기도 하였다. 노상궁은 움찔, 뒷덜미 가득 서슬이 서는 것을 느끼며 길을 재촉했다.

휘여, 우리 공주 아기씨 이 밤을 어찌 새워 숨 붙이실까. 휘여, 휘여 왕비마마께서 사람 만나 목숨 부지할 길은 찾으셨어도 어둔 밤 산짐승들로부터 목숨 부지할 방도는 못 찾으셨는갑다. 불쌍해라, 우리 아기씨, 이 밤 지나면 불귀의 객이 될 어린 아기씨 원통해서 어찌할꼬.

길대부인이 일러준 바는 사람에게 발견되도록 당부한 것이었으나 사람이 공주 아기씨를 찾기도 전에 이 괴괴한 산중의 밤을 지나며 짐승들이 먼저 해코지할 것 같아 노상궁의 발길이 하염없이 무

거웠다. 수미산 만년설 어느 얼음 골짜기가 쩡, 깨지면서 내려앉는
소리가 들렸다.

너희가 무엇이 공덕인 줄 아는가

수미산 허리께는 동이 트고도 한참 지난 후까지 운무가 자욱하였다. 봄꽃들이 다투어 피고 있었지만 수미산 중턱까지 흰 눈이 내려 있었다. 수미산에는 사시사철 눈이 내리곤 했다. 영산에 내리는 눈은 차갑지 않았다. 꽃잎이 나리듯이, 수미산에는 늦여름에 이르도록 눈이 내렸고 내리는 눈은 초목에 닿는 순간 따스한 물로 목피에 스미거나 아지랑이처럼 대기를 흐르거나 하였다. 아침결에 내린 눈송이들이 닿은 자리에서 정오 무렵이면 처음 보는 꽃송이들이 피어나기도 했다. 흰 눈이 꽃씨처럼, 풀씨처럼 내리는 산이었다.

비럭공덕할멈과 할아범은 그날따라 분주했다. 이른 새벽부터 비럭공덕할멈이 할아범을 채근해 움막 청소를 시키는 참이었다.

비럭공덕할멈과 할아범이 수미산에 깃들어 산 지 벌써 이십 년이 되어가고 있었지만 도무지 바쁠 것이 없던 내외였다. 동갑내기인 할멈과 할아범은 나이 쉰을 넘기면서 홀연 수미산에 들어와 살았다. 수미산 가장 가까운 마을의 몇몇 사람들 사이에선 이들 내외에 대한 소문이 가끔씩 떠돌다가 사라지곤 했으나 출처를 알 길 없는 소문들이었고 비럭공덕할멈과 할아범은 소문에 대해 일언반구 말이 없었다. 세속 마을에서 장사를 해 큰돈도 꽤 모았고 장성한 자식들도 둔 남부러울 것 없는 부부가 나이 쉰이 되면 무조건 산으로 들어가 살겠다는 아내의 괴벽 때문에 세속 살림을 정리했다고도 하고, 할아범이 세간에서 중한 죄를 짓고 산으로 숨어들어 공덕을 쌓으며 죄갚음을 하고 있다고도 하고, 학식이 높은 선비였던 할아범이 세속에 대한 회의가 깊어 홀연 은거했다고도 했다. 아무튼 이들 부부는 홀연 수미산에 들어와 산이 주는 것을 그대로 받고 살았다.

겨울이 되면 부부는 가끔 가까운 마을로 내려가 밥 삼을 것을 빌기도 했는데 꼭이 밥이 필요해서라기보다 사람 사는 인정이 궁금해서였다. 늦가을이 깊어지면 가까운 마을 사람들은 비럭공덕할멈 내외를 기다렸다. 한 해 동안 이들 내외가 모아놓은 약초들은 겨울을 견딜 노인들의 응급한 병구완에 꼭 필요했고 마을의 이런저런 대소사의 어려운 점들을 하소연하기도 했다.

비럭공덕할멈과 할아범은 수미산에 들어온 지 십 년 동안은 일절 수미산 밖을 나가지 않았다. 그러다가 나이 이순을 넘기면서 가끔씩 출타를 하기 시작했다. 맨발의 비럭공덕할멈 내외가 처음으로 수미산 가장 가까운 마을에 나타났을 때 이들의 정체를 궁금해하는 사람들에게 할멈은 천연덕스레 읊곤 하였다.

"수미산 산신님이 사시사철 주시는 것을 비럭질해서 먹고사는 비럭할미, 비럭할아범입지."

비럭공덕할멈이 인정을 중히 여겨 사람 사는 동네를 살피고 산에서 얻은 것을 나누어주는 것을 좋아한 반면 할아범은 웬만하면 수미산 속에서 꼼짝을 하려 들지 않았다. 이십 년 동안 비럭공덕할아범은 수미산 처처에다 돌탑을 쌓았다. 상처 입은 짐승들을 보살펴주거나 아픈 나무들을 돌보아주면서 산의 여기저기를 옮겨 다니는 이들 내외에게는 산 전체가 집이고 구들이었다. 봄부터 가을까지는 그날그날 마음이 가는 대로 산에서 할 일을 찾으며 산의 구석구석을 소요했다. 등을 대고 눕는 곳이 따끈한 안방이었고 은하수가 흘러가는 밤하늘 가득 반짝이는 별자리들이 그대로 아름다운 지붕이었다. 겨울이 오면 눈여겨 보아두었던 동굴에 잇대거나 산자락에 면한 안온한 바람막이 터에 작은 움막을 짓고 살았다. 산이 주는 것은 도무지 지루한 것이 없었다. 매일매일이 다른 산속의 풍경들을 바라보는 일만으로도 하루분의 시간이 모자라는 판이었지만 비럭공덕할멈에게는 다른 재미도 쏠쏠하였다. 머루며 다래며 산열매들이 휘드러지게 익어갈 무렵의 아침결이면 마을의 홀로 사는 노인이 있는 집에선 종종 툇마루에 놓인 먹음직스러운 산열매들을 발견하곤 했다. 종기를 앓거나 사고로 다리가 부러진 아이가 있는 집이거나 임산부가 있거나 기력이 몹시 쇠잔해진 노인이 있거나 한 집의 마루 끝이나 마당 초입에는 잘 손질한 약초들이 소담하게 부려져있기도 했다. 누가 다녀갔다는 표식이 전혀 없어도 사람들은 비럭공덕할멈이 다녀갔다는 것을 알 수 있었다.

"할멈, 오늘은 아침부터 웬 부산입지?"

생솔잎을 아침밥 삼아 우물우물 씹으며 할아범이 물었다.

"수미산 신령님께서 그간 산에서 빌어 간 것들을 갚을 때가 되었다고 하시는 갑소. 새벽 꿈속에 너럭바우 위에 운무가 자욱하더니 어디서 아기 울음소리가 들리는 거라. 수미산 서쪽 뻥대 뒤쪽의 크단 은행낭구가 말씀하시는 것도 같고 동쪽 마들 밑의 천년도 더 된 소낭구가 말씀하시는 것도 같고 만년설 얼음폭포의 천년을 얼어있는 고드름 줄기가 말씀하시는 것도 같고…… 어디서 우렁우렁한 목소리가 계셔서 영감이랑 나랑 엎디어 그 말씀 들었지러. 너희가 무엇이 공덕인 줄 아는가. 한 목소리가 묻기에 영감이랑 나랑 한 몸맹키로 대답을 했습지. 깊은 물에 다리 놓아 월천공덕. 옷 없는 사람 옷 주고 밥 없는 사람 밥 주어 활인공덕, 목마른 사람 물 주어 급수공덕, 그중에 제일은 젖 없는 자손 젖 먹여주는 공덕이 제일이라 하더이다. 그랬더니 그 목소리 일곱 빛깔 무지개를 천둥처럼 내리더니 하시는 말씀이 하늘 아는 자손이니 데려다가 기르라, 하지를 않겠소. 얼떨결에 내가 말했습지. 봄 여름 가을이면 들에서 머물고 겨울에는 굴속에서 머무는 집 없는 비렁뱅이 늙은 부부가 중한 자손을 데려다가 어찌 기르리오, 했더니 그 목소리 말씀하시길 이 아기데려다 기르면 옷도 밥도 절로 생길 것이다, 하시는 것 아니겠소. 영감, 그간 우리가 기다려온 공덕 중에 제일로 중한 공덕을 쌓을 때가 이제야 이른갑소."

비럭공덕할멈이 한 숨도 멈추지 않고 새벽꿈의 정경을 눈앞에서 보듯이 줄줄 읊었다. 할멈의 얼굴이 잔뜩 상기되어있었다.

비럭공덕할아범은 생솔잎만 우물거리며 말이 없었다. 할아범의 눈자위가 아득해지는가 싶더니 이윽고 할멈이 내민 물바가지의 찬물을 여러 번에 나누어 천천히 씹어 마시고는 자리를 털고 일어나 약초 망태기를 챙겼다.

"아무래도…… 동쪽 산당귀밭 윗녘의 너럭바우 쪽으로 우선 가봐야지러."

할아범의 말에 비럭공덕할멈이 베바지를 추슬러 올리며 허물어진 잇몸을 환하게 드러내 보이면서 서둘러 일어섰다.

바리공주를 살리다

"그때 그 광경은 참말이지 어찌 된 거였을까나?"

바리데기는 붉은점모시나비를 따라 산으로 놀러 나가고 비럭공덕할멈과 할아범만이 움막을 지키고 있었다. 비럭공덕할멈이 할아범을 무릎에 누이고 어깨를 주물러주고 있었다. 바리데기를 거두어 키운 지 칠 년이 지났으니 비럭공덕할멈 내외의 나이도 여든을 바라보고 있었다. 비럭공덕할아범은 며칠 전 서쪽 뻥대 아래에 쌓던 아기탑 하나를 완성하고는 가벼운 오한이 들어있었다. 높이가 다섯 뺨쯤 되고 밑 둘레가 열 뺨쯤 되는 자그마한 돌탑이었지만 꼬박 석 달이 걸린 탑이었다. 지난 엄동에 바리데기가 고뿔을 심하게 앓고 난 후 바리데기의 무병을 기원하며 쌓기 시작한 탑이었다. 수미산에 들어온 직후부터 시작된 비럭공덕할아범의 탑 쌓기는 보통 석

달을 주기로 탑 한 기를 쌓는 일을 마치곤 했다. 크기가 큰 탑이든 그렇지 않은 탑이든 걸리는 시간은 대개 비슷했다. 일 년에 보통 네 개의 돌탑을 쌓았고 수미산에 들어온 이래 백 개가 넘는 돌탑을 쌓았지만 탑 쌓기가 끝난 후 이렇게 몸살기를 보이기는 처음이었다. 몇 년 새 기력이 부쩍 쇠하고 있었다. 수미산 속에 천 개의 탑을 쌓겠다는 비럭공덕할아범의 원은 요원해 보였지만 정작 할아범에게는 상관없는 일이었다. 자신이 다하지 못하면 수미산에 깃들어 살게 될 다음의 누군가가 천개의 탑의 완성을 볼 것이라는 믿음이 있었다. 비럭공덕할아범은 다만 시작했을 뿐이었다.

참말, 어찌 된 광경이었을까나…….

칠 년 전, 바리데기를 처음 보았을 때가 눈앞에 선했다.

당귀밭을 지나 너럭바위 쪽에 오색 운무가 자욱하였다. 할멈이 오색 운무를 가리키며 눈이 둥그레져 할아범을 바라보았고 할멈과 할아범이 나는 듯이 너럭바위에 오른 길이었다. 오색의 운무 속은 따뜻하였다. 너럭바위의 표면을 희게 덮으며 눈이 내려있었지만 평평한 바위는 구들을 디딘 듯이 따스하였고 흰 눈 위에 사람 주먹 네 배만 한 발자국이 흩어져있었다.

어쩔꺼나, 범님이 다녀가셨나 보구나!

해동기가 지난 지 얼마 되지 않은 터라 한창 배고플 범이 사람 냄새를 맡고 이곳에 당도한 것이었다면 공양을 했을 것이 뻔한 일이었다. 그러나 사람을 해친 흔적은 보이지 않았고 굴 입구에 잇닿은 바위 처마 밑에 옥함이 하나 놓여있었다. 옥함의 뚜껑이 비긋이 열려져 함과 바위 표면에 경사지게 놓여있었고 함의 뚜껑에는 '불나국 바리공주'라고 쓰여있었다. 누군가 한데다가 아기를 버리면서 함 뚜껑을 일부러 열어놓았을 리는 없을 터였다. 할멈이 조바심이 나서 뚜껑을 마저 제치고 옥함을 들여다본 순간, 하이고, 영감! 외마디 비명을 지르며 털썩 주저앉았다. 할아범도 옥함을 들여다보고는 낯빛이 새하얘졌다.

끔찍한 광경이었다. 핏덩이 아기의 입에는 시커먼 거품을 문 듯 왕거미가 가득 바글거리고 귓속에는 불개미들이 바글바글 기어 드나들고 있었으며 아기의 허리에는 커다란 구렁배암이 감겨있었다. 붉은빛 얼룩을 두른 구렁뱀은 쇄액쇄액 소리를 내며 아기 주먹보다 세 배는 큰 머리를 흔들거리며 혀를 날름거렸다. 아기는 울지도 못하고 온몸이 터질 듯이 새빨갛게 부어 목울대를 가룽거리고 있었다. 할멈이 서둘러 아기를 안아 올리자 그제야 아기가 으왕 울음을 터뜨렸다.

어찌 살았을까나, 하이고 이 끔찍한 몰골을 해가지고 핏덩어리 어린것이 어찌 버텼을까나.

아기를 안아 올린 할멈이 정신없이 계곡으로 내려갔다. 수미산의 계곡물은 사철 차디찬 만년설 녹은 물이었다. 아기에게 괜찮을지

잠시 망설였으나 다른 도리가 없었다. 왕거미와 불개미들이 바글거리며 아기의 전신을 타고 내리고 있었다. 할멈이 아기를 계곡물에 담가 급한 대로 입속과 귓속의 왕거미와 불개미부터 훑어 내렸다. 그런데 이게 웬일인가. 계곡물에 아기를 넣어 씻기자 바글거리던 개미 떼와 거미들이 물고기 비늘 떨어지듯이 아기의 몸에서 떨어지더니 계곡물 가득 수천수만 장의 붉고 흰 꽃잎들이 둥둥 떠내려가는 것이었다. 아기의 허리를 감고 있던 구렁배암도 꽃띠가 풀어지듯 스르르 풀어지더니 푸른빛 이끼로 얼룩무늬를 이룬 성성한 고목 둥치 하나로 계곡물 위를 흘러 내려갔다.

"하, 하, 하이고, 영감, 이게 무슨 조화요?"

차가운 물에 놀란 아기가 으왕으왕 울었고 비럭공덕할아범은 계곡 둔치에서 계곡물에 떠가는 꽃잎들을 바라보며 담배쌈지를 풀어 곰방대에 담뱃잎을 채우고 있었다.

할아범은 지그시 눈을 감고 카라빈카*를 떠올렸다. 수미산에 들어와 세 번째 맞는 백중날이었을 것이다. 만월 뜬 그 밤에 비럭공덕할아범이 열 번째 돌탑의 맨꼭대기 돌을 막 얹고 난 직후였다. 어디서 아름다운 노랫소리가 지상의 것이 아닌 듯 들려왔다. 할아범이 반사적으로 하늘을 쳐다보자 여름밤 하늘을 가득 채우며 흘러

* 불경에 나오는, 사람의 머리를 한 상상의 새. '묘음조'라고도 함.

가던 별자리 중 날개를 펼친 커다란 새 모양의 별자리가 수미산 만년설 봉우리를 거대한 날개로 덮으면서 내려오고 있었다. 아니, 만년설 봉우리로부터 커다란 새가 하늘의 별자리로 홰쳐 날아오르는 것처럼 보이기도 했다. 묘음조妙音鳥다! 할아범이 탄식하듯 혼잣말을 하는 사이에도 온몸의 뼈를 따스한 물로 적시는 듯한 노랫소리가 계속되고 있었다. 설산에서 태어났다는 카라빈카가 수미산 만년설 봉우리를 제 고향인 줄 알고 천구를 지나다가 잠시 내려온 것인지도 몰랐다. 할아범이 저도 모르게 무릎을 꿇고 앉았을 때 탑신이 잠깐 흔들리는 듯하더니 누군가 할아범의 얼굴을 가만 들여다보고는 찰나에 사라졌다. 그 찰나에 할아범은 카라빈카의 얼굴을 보았던 것이다. 사람의 얼굴과 팔을 한 카라빈카는 길다란 새의 다리와 깃털로 덮인 몸체를 하고 아름다운 두 개의 날개를 지닌 채 처음 보는 악기를 연주하며 노래하고 있었다. 노래하는 카라빈카가 할아범의 얼굴을 들여다보고 사라진 그 찰나의 불가사의 이후 비럭공덕할아범과 할멈은 여러 가지 신이한 일들을 꽤나 경험해온 터였다. 서천서역국에 닿아있는 수미산 서쪽에는 상상으로나 존재하던 것들이 현몽하듯이 문득 현실 속에 나타나는 일이 흔했다. 그런데 여기는 수미산 동쪽이 아니던가.

"아무래도 그때 그 거미 떼와 불개미 떼들은 우리 바리데기를 구하라고 하늘에서 흩뿌려준 천상의 꽃들이었나 보오."

처음 바리데기를 보았을 때 그 끔찍하던 모습이 떠올라 잠시 도리질을 쳤으나 계곡물 위를 떠가던 수천수만 장 꽃잎의 행렬을 떠올리며 할멈이 금세 벙긋거렸다.

"게다가 나무 둥치가 신통력을 부린 큼직한 구렁배암까지 척 걸쳐져있었으니 그 끔찍한 모습을 한 아기를 해코지할 짐승이 어디 있었을라구, 암만."

할멈이 할아범의 어깨에 약쑥뜸을 올려주며 암만, 암만…… 하고 고개를 주억거리다가 실눈을 뜨고 바깥을 내다보며 해의 기울기를 가늠했다. 바리데기가 돌아올 시각이었다. 오후참 글공부를 할 시간이 가까웠다.

내 아버님 어마님은 어디 계시오

"할미야. 내 아버님, 어마님은 어디 계시는 걸까?"

움막 앞 대나무 평상에 앉아 서책을 펼치며 바리공주가 혼잣말로 중얼거리듯 물었다. 일곱 살배기 아이의 얼굴이 긴 속눈썹 그림자 밑에서 어룽지고 있었다. 아침에 할멈이 땋아 내려준 머리채의 귀밑머리에 노랑 마타리꽃 한 줄기가 꽂혀있는 채였다. 산에서 놀다 돌아올 때 바리공주는 늘 들꽃을 귀밑머리에 꽂고 나타나곤 했다. 유난히 꽃을 좋아하는 아이였다.

오늘따라 산에서 돌아오는 바리공주의 얼굴에 수심이 가득했다. 며칠째 서책을 펼쳐놓고도 통 글공부에 열의를 보이지 않았다. 붉은점모시나비를 따라 산속 깊이 갔다 돌아온 날도 서책을 펴는 대신 불쑥 할멈에게 물었었다.

할미, 그 많은 나비들은 다 누가 낳는 거야?

나비를 따라 나무딸기 숲까지 갔다가 엄청난 수의 나비 떼를 보았다는 것이었다. 흰 날개의 뒷면에 붙은 점이 핏방울처럼 박힌 모시나비들은 일 년에 한두 차례씩 군무를 추듯이 수백 마리가 한꺼번에 군락을 이루며 날아오르곤 했다.

너무 예뻐서 나도 날아갈 것만 같았어.

나비 떼 얘기를 하면서 양 볼이 발그스름하게 상기된 바리공주가 불쑥 그 많은 나비들은 다 누가 낳은 거냐고 물어왔을 때 비럭공덕할멈은 가슴이 철렁하였다. 그 후 며칠째 언뜻언뜻 수심이 비치는 아이의 얼굴이 할멈은 두려웠다. 그러더니 오늘은 기어코 이런 질문을 받고 만 것이다. 혼잣말하듯 중얼거린 물음인지라 할멈은 못 들은 척 대꾸를 하지 않았지만 가슴이 방망이질 치고 있었다.

바리공주는 총명하게 자라났다. 아장아장 걸을 무렵을 지나 다섯 살이 되면서 움막 안 깊숙한 곳에서 불경 한 권을 보게 된 바리공주는 그 뒤로 줄곧 책을 찾았다. 불경은 비럭공덕할아범이 천 탑 쌓기의 원을 세우고 처음으로 탑 쌓기를 시작할 때부터 탑 하나의 공력이 시작되고 끝날 때 며칠씩 독송하던 것이었다. 수미산에 들어올 때 할아범이 들고 들어온 책은 이 한 권의 불경뿐이었다. 특별히 글자의 원리를 가르쳐준 것도 아니고 할아범이 불경 한 권을 처음부터 끝까지 낭송하며 글자를 짚어 보여준 것뿐인데 바리공주는 그 뒤로 거의 혼자서 글을 깨치고 있었다. 바리공주는 점점 더 많은 책들을 궁금해하기 시작했고 마을 출입이 거의 없는 할아범은 바리공주 때문에 수시로 책을 빌리러 다니는 책 비럭질을 시작하게 되었다. 책의 종류도 가릴 바가 없었다. 하늘이 준 것이라고밖에는 말할 수 없을 만큼 바리공주는 영특했다.

바리공주가 산에서 돌아와 평상에 앉으며 혼잣말처럼 중얼거린 물음을 못 들은 척한 지 두 시간쯤 지났을까. 잘 익은 고욤 열매처럼 서편 하늘이 물들고 있었다. 서책을 펴놓은 채 감감히 앉아있기만 하던 일곱 살배기가 이번엔 평상에서 내려와 약초를 손질하는 할멈과 할아범 앞에 쪼그려 앉으며 물었다.

"할미, 할아비야, 내 아버님 어마님은 어디 계시는 걸까?"

바리공주가 두 손으로 턱을 괴고 할멈의 얼굴과 할아범의 얼굴을 번갈아 바라보았다.

"……."

"아버님은 하늘이고 어마님은 땅이로소이다."

할멈이 바리공주의 귀밑머리에 꽂힌 노랑 마타리꽃을 쓸어 넘겨 주며 대답했다.

"할미, 거짓말 마."

조그만 얼굴에 이내 그늘을 만들며 바리공주가 땅을 내려다보았다. 고개를 푹 수그리고 손가락으로 되는 대로 흙을 헤치며 입술을

꼭 다문 바리공주의 얼굴이 금세라도 울음을 터뜨릴 듯하였다. 할
멈의 주름진 눈시울이 뜨거워졌다.

"무주 고아인 아기씨를 우리 부부가 모셔 이제 늙은 몸을 아기씨
께 의탁하려 했더니 부모를 찾습니까? 전라도 왕대가 아버님이고
뒷동산 머구나무가 어마님이로소이다."

할멈이 짐짓 원망하듯 대답했다.

"할미, 할미야, 초목이 인간을 골육으로 두던가. 전라도 왕대는
어딘가 계실 아버님 돌아가시면 아랫동 윗동 잘라낸 후 두건 쓰고
짚는 데 쓰일 것이요, 뒷동산 머구나무는 어딘가 계실 어마님 돌아
가시면 아랫동 윗동 잘라내어 두건 쓰고 짚는 데 쓰라는 거겠지 그

게 어찌 부모가 된단 말야."

바리공주가 깊은 한숨을 폭 내쉬면서 땅에게나 들으라는 듯 고개를 숙인 채 종알거렸다. 하염없이 흙 마당을 만지작거린 손가락 끝에 불그스름한 황톳물이 드는가 싶었다. 비럭공덕할멈은 고개 숙인 바리공주의 희고 반듯한 가리마 길이 끝나는 정수리와 불그스름한 열 손가락 끝을 번갈아 바라보며 더는 한마디도 하지 못했다. 할멈의 침묵이 너무 무거웠던지 바리공주가 문득 고개를 들었다. 할멈의 주름 많은 눈시울이 눈물로 개개하게 젖어있었다.

"할미, 울어? 울지 마, 할미, 슬픈 건 싫어. 내가 잘못했어 할미야, 울지 마, 울지를 말라니깐."

바리공주가 비럭공덕할멈의 얼굴을 조막만 한 두 손으로 감싸 안더니 할멈의 얼굴에 제 얼굴을 부볐다.

"내가 잘못했어, 할미. 이젠 다시 그런 건 안 물을게."

바리공주가 할멈의 눈시울을 손등으로 닦아주고는 제 머리에 꽂았던 노랑 마타리꽃을 뽑아 할멈의 귀밑에 꽂아주었다. 그러고는 보란 듯이 활짝 웃었다. 별안간 일곱 살배기 응석받이로 돌아간 듯한 천진한 웃음이었지만 할멈은 자꾸만 가슴이 후르륵 떨려왔다. 워낙 조숙한 아이인 바리공주는 일곱 살 계집아이처럼 웃고 있었지만 더 이상 어린아이가 아니었다.

휘여, 하늘 아는 이 아기씨를 이제 어찌할꼬.

첫꽃의 혈흔 속

석양이 내리는 수미산 서쪽 산봉우리가 붉고 푸른 연꽃잎처럼 층층이 벌어지고 있었다. 너럭바위 위에서 서쪽 산봉우리를 바라보고 앉은 바리공주는 벌써 몇 시간째 미동이 없었다. 바리공주의 뒷모습은 소녀를 벗어나 처녀티를 내기 시작하고 있었다. 길쑴하고 단단한 허리 아래 반석처럼 탄탄한 엉덩이가 무명옷의 후줄근함을 무색하게 하고 있었다. 하염없이 석양을 바라보고 있던 바리공주가 너럭바위 아래로 사슴처럼 뛰어내리는가 싶더니 계곡 언치를 조심스럽게 걸어 올라가 잔설이 쌓인 관목 숲으로 들어섰다. 진달래나무가 특히 많은 관목 숲을 헤치고 좀 더 들어가자 동백나무 군락지가 나타났다. 잔설에 덮인 붉은 꽃들이 보석처럼 영롱한 동백나무 숲을 한참을 서성이다가 모가지째 붉은 꽃을 떨구고 있는 동백나무 아래 이르러 바리공주가 발을 멈추었다. 가늘고 긴 손가락으로 나뭇가지를 쓰다듬으며 나무를 찬찬히 살펴가던 바리공주가 그중 도톰하고 윤기 있는 이파리 하나를 조심스레 따내었다. 동백나무 우듬지에서 잔설이 파르르 떨리며 흩어졌다.

노을빛을 머금으며 초저녁 달빛이 익어갈 즈음 너럭바위로 돌아와 가부좌를 틀고 앉은 바리공주가 손바닥에 놓인 동백나무 잎사귀 한 장을 물끄러미 내려다보았다. 자신이 피운 꽃을 모가지째 발밑에 떨구고 서있던 동백나무가 떠올라 마음이 아팠다. 수미산 정상 만년설이 얼음 깨지는 소리를 내며 우릉, 울었다. 해토머리*에 이르면 먼 산봉우리의 얼음 깨지는 소리는 한층 더 처연해지곤 했다. 바리공주가 천천히 숨을 고르면서 동백나무 잎사귀의 가장자리를 가볍게 접어 입술에 갖다 대었다. 두 손으로 살풋 쥔 짙푸른 동백나무 잎사귀가 붉은 입술 사이를 칼끝처럼 가르는가 싶더니 구슬프고 비장한 소리를 뿜어 올렸다. 희디흰 만년설이 달빛을 튕겨 올리는 듯한 소리였다. 수미산의 만년설을 독대하며 불기 시작한 초적이라 그런 걸까. 바리공주의 초적 소리는 고독하고 단단했다. 풀피리 소리가 흔히 그렇듯 휘어낭창 위태로운 듯한 연약한 소리가 아니었다. 바리공주의 풀피리 소리를 처음 듣던 날, 비럭공덕할멈과 할아범은 바리

* 얼었던 땅이 녹아서 풀릴 무렵.

공주가 어느 틈에 퉁소라도 배운 줄 알았을 정도로 연약한 나뭇잎에서 나오는 소리라기보다 단단한 목질의 소리에 가까웠다.

바리공주의 초적 소리는 사시사철 쉬지 않았다. 바리공주가 열한 살이 되던 해, 산벚나무 잎사귀를 입에 대고 우연히 소리를 만들어본 이래 홀로 연습한 초적이었다. 초적은 날것 그대로의 악기였고 수미산의 사시사철을 완성하는 온갖 풀벌레 소리며 새소리, 짐승들의 우짖는 소리와 바람 소리, 물소리에 가장 잘 어울리는 악기였다. 바리공주의 초적은 산에 깃든 모든 것들의 희로애락을 닮아있었다. 만월이 뜨는 밤이면 어김없이 산에 올라 초적을 불었고 달이 죽는 그믐 직전과 죽은 달이 부활하는 초승날 밤에도 바리공주의 초적 소리는 어김없이 너럭바위 위에서 수미산 계곡을 치달아 오르며 만년설을 때렸다. 비럭공덕할멈은 날씨가 부쩍 추워지는 늦가을부터는 밤 산행을 말렸으나 소용이 없었다.

"할미, 나는 차디찬 바람 속에서 초적을 부는 게 좋아. 긴 잠에 들어갈 준비를 하는 나무들도 내 풀피리 소리를 듣고 싶어 하는걸."

바리공주는 할멈에게 웃어 보이고 걱정하지 말라고 당부한 후에 어김없이 매일 밤 산야를 쏘다녔다. 바리공주는 수미산에서 자라는 거의 모든 나무 잎사귀와 풀잎으로 초적을 만들어 불었다. 넓적한 잎새를 가진 것들이면 무엇이든 바리공주의 입술 끝에서 피리로 변하였다. 낱낱이 다른 나뭇잎과 풀들은 그 성질이 모두 달랐고 소리

도 모두 달랐다. 똑같은 나뭇잎도 계절에 따라 소리의 질감이 달라졌다. 봄 잎들과 야들야들한 얇은 잎새를 지닌 것들이 날카롭고 맑은 음색을 주로 내는 데 비해 겨울 잎들과 두텁고 단단한 잎새를 지닌 것들은 선이 굵고 힘찬 소리를 주로 내었다. 바리공주가 특히 좋아하는 잎사귀는 몇 차례 눈보라를 맞으며 붉은 꽃을 매단 동백나무 잎사귀와 배꽃 질 무렵의 산배나무 잎사귀였다. 동백잎과 산배나무잎은 화려하고도 깊은 공명을 지니고 있었다.

평소엔 그지없이 다정다감하고 싹싹한 바리공주도 달이 죽는 그믐밤에 초적을 불기 위해 너럭바위에 오를 때엔 눈에 띄게 우울해졌다. 전혀 딴사람처럼 경계가 단단해져서 쉽게 웃어 보이지도 않았다. 산속의 그믐은 칠흑 같아서 여러 번 그믐밤의 산보를 말렸어도 소용이 없는 일이었다.

가엾은 아기씨, 가슴에 든 푸른 멍이 푸른 나뭇잎 피리로나 달래질거나.

수미산에 버려져 수미산 바깥을 나가본 적 없는 바리공주의 고독을 초적으로라도 달랠 수 있으면 좋으리라, 비럭공덕할멈은 생각하곤 했다. 다행히 한 달에 서너 번 홀리듯 만년설을 대면하러 가는 바리공주도 평소에는 전혀 어두운 구석을 찾을 수 없을 정도로 밝고 쾌활했다. 수미산을 누비며 만나는 갖은 초목과 산짐승들이 모두 바리공주의 벗들이었다. 어느 해 겨울에는 어미를 잃은 아기 늑

대를 움막으로 데려와 겨우내 뜨물 죽과 약초를 먹여 살려 보내기도 했다. 비럭공덕할아범을 따라다니며 배운 약초 보는 눈맵씨도 보통이 넘었다. 더 이상 약초를 캐러 험한 계곡까지 들어갈 수 없을 만큼 기력이 쇠한 비럭공덕할멈과 할아범을 대신해 험한 산길을 다니며 산과실이며 약초를 구해 오는 것도 바리공주의 몫이 되었다. 바리공주는 천성적으로 산을 좋아했고 산에 깃들어 사는 모든 것들과 말이 통하는 아이였다.

"할미, 할아비야, 북쪽 낭하의 소나무가 아픈데 어찌 바람을 막아주누."

바리공주가 열 살이 되던 해의 어느 날엔 곤륜암 북쪽의 늙은 소나무가 바람을 견디기 힘들어 아프다고 걱정을 하더니 움막 마당에서 천궁을 달이기 시작했다. 죽어가는 소나무에 천궁 달인 물을 주면 회생시킬 수 있다는 할아범의 말을 들은 후였다. 매일같이 천궁을 달여 나무 들통에 담아 지고는 곤륜암까지 나르기를 꼬박 한 달을 하는 것이었다. 여린 등죽지가 벗겨져 여러 번 고약을 발라가며 산을 오르내리더니 어느 날 뛸 듯이 기뻐하며 소나무가 드디어 기운을 차렸다고 하루 종일 콧노래를 불러댔다.

"할미, 이리 좀 와봐. 얘는 내가 이렇게 쓰다듬어주는 걸 좋아해."

바리공주가 자작나무를 쓰다듬으며 환하게 웃곤 할 때나, 여름 밤 계곡에 나가 말끔히 목욕을 하고 긴 머리를 나풀거리며 마당에

72

들어설 때 비럭공덕할멈은 문득문득 눈물이 솟을 것만 같은 기분이 되곤 했다. 세상의 참 이쁜 것들은 죄다 눈물을 머금고 있는 것인지도 몰랐다.

바리공주의 초적 소리가 계곡을 타고 만년설 봉우리로 거슬러 오르고 있었다. 눈을 지그시 감고 깊어지는 달빛 아래 정좌한 바리공주의 얼굴이 찬바람 속에서 발그스름하게 상기되고 있었다. 초적의 음률을 따라 미간을 약간씩 찡그리기도 하고 입꼬리가 설풋 올라가며 미소 짓는 듯도 하였다. 바리공주는 예쁘다고 할 얼굴은 아니었다. 반듯한 이마에 숱이 많은 눈썹이 단정하게 박혀있었고 깊은 눈빛의 눈동자가 긴 속눈썹 속에 두레박처럼 드리워져있었지만 사시사철 산야를 쏘다니는 바리공주의 얼굴은 구릿빛으로 그을려있어 중성적인 느낌이 강했다. 이목구비가 큼직하고 시원스러웠지만 여성적인 느낌을 주는 곳은 고집스럽게 다문 도톰한 붉은 입술 정도였다. 마땅히 신발이라고 할 것을 신고 다니지 않는 터라 드러난 맨발은 목피가 두껍게 갈라진 나무 둥치처럼 거칠기 짝이 없었다. 가늘고 긴 마른 손가락은 부드러운 느낌보다는 예민하고 단호한 느낌이 강했고 신체의 모든 부위가 길쑥길쑥하니 잘 빚어놓은 산양이나 매촐한 숫사슴 같았다.

만월 아래 초적을 불기 시작한 지 꽤 오랜 시간이 흘렀다. 초록빛 단검을 문 듯한 바리공주의 붉은 입술이 일순 바르르 떨리는가 싶더니 한 줄기 굵은 눈물이 아연 흘러내렸다.

어제 저녁에 첫꽃이 비쳤다. 설피게 짠 흰 무명 속곳에 붉은 동백 꽃잎처럼 혈이 피어있었다.

"할미, 꽃이 비쳤어."

바리공주가 두렵고도 떨리는 마음으로 비럭공덕할멈에게 첫꽃에 대해 말했을 때, 비럭공덕할멈이 두 팔을 크게 벌려 바리공주를 덥썩 껴안았다.

"아기씨, 이제 처녀가 된 거요. 여자가 됐다는 말씀이시!"

여자가 되었다…… 나는 날 때부터 여자아이였는데, 여자아이여서 버려졌다는데, 몸에서 피를 흘리고서 이제사 여자가 되었다는 건 무슨 말이지?

바리공주는 여전히 혼란스러웠다. 바리공주가 열네 살이 되었을 때 비럭공덕할멈은 바리공주의 손을 잡고 첫꽃에 대해 이야기해주었었다. 때가 되면 몸에서 꽃이 비칠 텐데 놀라지 말고 할미에게 말하라는 것이었다. 그때엔 꽃이 무얼 의미하는지 몰랐다. 아픈 게 아니라면 별안간 속곳에 왜 혈흔이 묻는단 말인가. 그걸 왜 할미는 꽃이라고 부르는가. 여러 의문이 들었지만 닥친 일이 아니었으므로 그냥 그런가 보다 했다. 그런데 어제 저녁 속곳에 묻어 나온 혈흔을 보자 대번에 그것이 할멈이 말한 꽃임을 알아챘다.

비럭공덕할멈은 움막집 궤 안에서 흰 소창으로 도톰하게 접어 만든 아기 기저귀 같은 것을 몇 장 내왔다. 푸른빛이 돌 만큼 희디희게 빨아 개켜둔 소창이었다. 소창을 건네주며 비럭공덕할멈이 바리공주에게 몇 가지 주의해야 할 점을 일러주었다.

"이제부터 아기씨 몸은 차고 이우는 달님과 함께 세상 귀한 목숨을 낳을 수 있게 되는 것이니 찬 바닥에 함부로 앉지 말고 늘 아랫배를 따뜻하게 해야 하오. 여자의 몸은 따뜻해야 병이 없이 건강한 거라오. 꽃을 본 지 스무여드레가 지날 때마다 몸엣것이 나올 터이니 그때가 되면 편안히 쉬면서 몸을 보호해야 하지러. 기억하오, 아기씨. 세상에 생명을 불어넣는 천구의 조화가 아기씨 몸과 함께하는 것이니 스스로의 몸을 귀하고 귀하게 여겨야 하오."

바리공주는 고개를 끄덕거리며 할멈의 말을 조용조용 새겨들었다. 거칠 것 없이 자유분방하게 산야를 뛰어놀던 바리공주에게 소창 개짐의 느낌은 조금은 이물스러웠다. 허벅지 안쪽에서 쓰닥거리는 면의 느낌이 쉽게 익숙해지지 않았다. 흰 소창에 붉게 번져있을 피의 느낌이 생생하게 전해져왔다. 붉은 달이 천구의 중심을 향해 흘러가고 있었다. 바리공주가 심호흡을 했다. 달빛이 바리공주의 정수리를 적시며 명치로 흘러들어 단전 아래까지 내려왔다. 배 속이 뜨겁다는 느낌을 받으며 바리공주가 천천히 숨을 몰아 내쉬었다.

자신의 아랫도리를 적시는 핏물의 번짐과 백공단에 단지혈로 써내린 '불나국 바리공주'라는 글자가 선명하게 겹쳐지며 눈 속이 뜨거워졌다.

아아, 이게 웬 눈물이람.

뜨거운 눈물이 볼을 타고 흘러 초적을 문 입술의 가장자리를 적시며 흘러내렸다. 눈물을 흘리며 울어본 기억이 아득했다 칠년 전 일곱 살배기 꼬마이던 어느 날 하루 종일을 울어본 이후 처음이었다. 그날도 다른 날처럼 계곡을 거슬러 올라 수미산 서북쪽의 낭하까지 가볼 생각이었다. 아침결에 바람 속에서 백리향 냄새를 맡은 듯했다. 작년에 눈여겨 보아둔 바에 의하면 서북쪽 높다란 낭하의 백리향 군락이 분홍빛 꽃봉오리를 일제히 터뜨렸을 것 같아서 서둘러 산길을 나선 날이었다. 산 아랫녘엔 계절을 당겨 일찍 핀 노랑 마타리꽃이 지천이었다. 마타리꽃을 따 화관을 엮으면서 산중턱의 오리나무숲을 지날 때였다. 키가 매출한 오리나무 둥치 위로 검은 얼룩무늬의 짙은 회색빛 살모사 한 마리가 기어오르고 있었다.

여섯 살 나던 해 어느 무더운 여름날 바리공주는 살모사가 새끼를 낳는 것을 비럭공덕할멈과 함께 본 적이 있었다. 가끔씩 수풀 속이나 바위틈 깊은 안쪽에서 뱀 알들을 본 적이 있었지만 살모사는 알을 낳지 않았다. 투명한 막이 알처럼 부풀어오른 채 어미의 몸에서 힘겹게 빠져나오자 끈적하고 말간 둥근 막은 이내 스르르 녹아내렸고 그 속에서 새까만 새끼 뱀이 꼬물거리는 거였다. 그렇게 몇 마리의 새끼를 연거푸 낳은 후에 어미 뱀은 기진한 것인지 척 늘어져 미동도 못하더니 간신히 기운을 차려 수풀 저편으로 기어 사라졌다. 비럭공덕할멈의 얘기로는 새끼를 낳다가 죽는 살모사도 있다고 했다. 뱀에게 한여름은 한겨울만큼 힘든 계절인데 왜 하필이면 더운 여름에 아기를 낳는 걸까, 바리공주가 물었을 때 할멈의 대답은 명쾌한 것이었다. 갓 태어난 새끼들이 천적으로부터 몸을 숨기기에 녹음이 우거진 여름이 제일 좋다는 거였다. 더위 속에서 아기를 낳다가 죽어버린 어미 뱀을 새끼 뱀들이 먹어치우는 경우도 드물지만 있다고 했다. 소름이 끼쳤지만 어미 뱀이 한없이 가여웠고 또 그 어미의 삶을 살게 될 새끼 뱀들 역시 한없이 가여운 마음이 들어 바리공주는 어미 뱀이 기어 사라진 자리를 향해 비럭공덕할멈이 하는 양을 따라 조막만 한 손을 모아 합장을 올린 적이 있었다.

오리나무 둥치로 기어 올라가는 살모사는 이제 막 새끼를 부화시킨 오목눈이 가족을 노리고 있는 듯했다. 오리나무 우듬지 가까이에 오목눈이의 둥지가 있었다. 뱀은 츠츠츠…… 조용한 기척으로 나무 둥치를 오르고 있었고 뱀의 기척을 눈치챘는지 새 둥지 속에는 정적이 흘렀다. 갓 부화한 새끼들조차 비약거리지 않는 고요였다. 뱀이 둥지 근처에 거의 다다르며 둥지 속의 새끼를 나꿔채는가 싶은 순간과 거의 동시에 푸드덕, 허공에 낭자하게 깃털이 흩어지며 오목눈이 어미 새의 날카로운 고음이 오리나무 숲을 찢으며 울려 퍼졌다. 어미 새가 살모사를 향해 달려든 모양이었다. 더러 몸집이 큰 까치나 까마귀가 뱀과 대적한다는 소리는 들었어도 오목눈이는 훨씬 작은 멧새였다. 허공에서 몇 차례 어미 새의 깃털이 흩어져 날리는 사이 어디선가 오목눈이 아비가 날아온 듯싶었다. 두 마리의 작은 새가 살모사와 난투를 벌이기를 얼마 후 뱀이 오리나무를 타고 다시 내려왔다. 오목눈이 어미 새의 찢겨진 날갯깃이 오리나무 가지에 걸려 낭자하게 흩어져있었고 일곱 살배기 어린 바리공주는 울고 있었다. 그제서야 둥지 속에서 새끼들이 비약거리는 소리가 오리나무 숲속에 가득해지고 둥지 속으로 날아 들어간 어미 새는 죽었는지 살았는지 가늠할 길이 없었다. 수풀로 꼬리를 감추며 기어가는 살모사의 뒷모습에 언젠가 보았던 새끼 낳던 살모사의 모습이 겹쳤다. 오목눈이도 살모사도 왠지 서러웠고 무엇보다 바리공주는 자신의 처지가 서러워 울었다. 그리고 그날, 기어코는 비럭공덕할멈과 할아범에게 자신의 부모에 대한 얘기를 처음으로 물었던 것이었다.

비럭공덕할멈은 첫꽃이 비치면 어미가 될 수 있는 거라고 했다. 아기를 낳을 수 있는 준비가 되었다는 거였다. 바리공주가 입술에 물었던 초적을 허공중에 퉁겨 올리며 고개를 세차게 흔들었다. 짙푸른 동백 잎사귀가 허공을 가르는 단검처럼 퉁겨 올랐다가 너럭바위 위에 다시 떨어졌다. 일곱 살 어린 바리공주가 부모에 대해 묻던 다음 날, 비럭공덕할아범과 할멈이 움막 깊숙한 곳에서 꺼내 보여준 것은 사각형의 작은 옥함이었다. 뚜껑에는 '불나국 바리공주'라고 쓰여있었고 옥함 속에는 사내아이의 저고리 몇 벌과 갖은 패물과 남모르는 이름의 생년월시가 적힌 흰 비단과 붉은 비단이 들어있었다. '바리공주'라고 쓰여진 이름자 아래 생년월시를 적어놓은 흰 비단의 글씨는 단지하여 피로 쓴 것이 분명한 검붉은 피딱지의 흔적이 역력하였다.

아기씨는 이 수미산 동쪽의 불나국 공주이온데 공주로 태어난 까닭에 우리 부부에게 왔나이다. 하늘 아는 자손이니 데려다 키우라는 하늘의 말씀이 있었지러.

불나국의 공주라 했다. 여자아이로 태어났기에 버려졌다 했다. 버려진 아기라서 바리공주라 했다. 바리공주가 고개를 세차게 흔들며 두 손을 깍지 끼고 무릎을 모았다. 흰 비단에 쓰여진 글씨는 뭐란 말인가. 버릴 아기를 옥함에 넣어 생년월시와 이름까지 적어 버린 이유는 뭐란 말인가. 단지하여 흘린 피로 적은 것이 분명한 그 글씨는 누가 썼단 말인가. 버릴 아기에게 피로 쓴 글씨의 흔적을 남긴 이는 누구란 말인가. 어머니, 나를 낳은 어머니가 나를 버렸단 말인가.

단지혈로 쓴 붉은 글씨와 첫꽃의 혈흔이 겹쳐졌다. 아기를, 아기를 낳을 수 있는 준비가 된 것이라 했다. 어머니가 될 수 있는 거라고 했다. 아기를 낳고도 버려야 했던 누군가의 붉은 피 글씨가 사무쳐서 바리공주는 너럭바위 위에 앉아 하염없이 울었다.

이것이 마지막 눈물이 될 것이다.

얼마나 시간이 흘렀을까. 만월은 벌써 은하수 저편으로 기울어가고 있었다. 바리공주가 눈물로 범벅이 된 얼굴을 들고 너럭바위 저편에 꽂히듯이 떨어져있는 짙푸른 동백잎을 가만 바라보았다.

더 이상은, 어떤 일이 있어도 나를 위해 울지 않을 것이다.

이제 두어 달 후면 온 산에 꽃들이 만발할 것이었다. 산배나무 흰꽃이 수천수만 장 꽃잎을 휘날리는 때가 오면 바리공주의 나이 열다섯이었다.

병든 대왕, 바리공주를 찾다

"하늘이 점지한 일곱 번째 아기씨를 버린 죄로 대왕께서 병들었
으니 버려진 공주 아기씨, 바리공주를 찾으소서."

병들어 누운 오구대왕이 시름 많은 낮잠에 들었을 때 꿈에서 본
푸른 옷의 동자가 이른 말이었다. 꿈속의 동자는 서천서역국 무장
승의 약수와 뼈 살리고 살 살리고 피 살리고 숨 살리는 오색도화꽃
만이 대왕을 살릴 수 있음을 말해주고는 바리공주를 찾으라 일러주
고 사라졌다. 역정 끝에 일곱 번째 아기를 버린 후 오구대왕은 시름
시름 앓기 시작했다. 처음에는 역정이 심화를 돋우어 잠시 심신의
기운이 얼크러진 때문이거니 했으나 온갖 좋은 약을 다 써보아도
병증은 나아지지 않았다. 무려 십오 년에 걸친 병이었다. 불나국 전
역의 용하다는 의원들이 궁을 드나들었으나 병증의 원인을 진단하

지 못했다. 오구대왕은 이제 죽을 날만 기다리는 폐인이 되어가고 있었다. 오구대왕이 정사를 제대로 돌볼 수 없게 되자 불나국 전역의 민생도 피폐해져 갔다.

길대부인도 사정은 마찬가지였다. 총명하고 자비롭기 그지없던 왕비는 일곱째 공주 아기를 버린 후부터는 후원에 들어앉아 꼼짝도 하지 않았다. 내명부를 다스리고 길쌈이며 양잠을 손수 지휘하고 민생을 돌보는 일에 헌신적이던 길대부인이었으나 후원 깊은 궁속에서 그저 여섯 공주를 길러내고 혼인을 시켜 짝을 맺어주는 것 외에는 세상사에 관여하려 하지 않았다. 갈수록 수척해지고 매사에 의욕이 없었다. 후원 뜨락의 나무들도 생기를 잃고 길대부인의 안색처럼 수척해가던 날들이었다. 오구대왕이 낮잠에 들어 푸른 옷의 동자를 보았을 그 시간에 길대부인도 같은 꿈을 꾸었다. 그러고는 곧 오구대왕의 전교가 있었다.

괴이하구나. 대왕을 살릴 방도가 있다 하니 다행이긴 하다마는 십오 년 전 내다 버린 불쌍한 우리 아가 바리공주를 찾아야 한다는 건 웬 말이냐. 그 아이가 살아있는지 죽었는지 알 도리 없고 살아만 있으라고 평생 기도하며 살긴 하였으나 살아있다 해도 무슨 면목으로 그 아이를 찾아 약물을 구해 오라 보낸단 말인가.

길대부인이 탄식하였다. 핏덩어리 바리공주를 수미산 골짝에 버리고 돌아올 때의 스산한 풍경을 노상궁에게 전해 들었을 때 갈가리 찢어지던 심정이 복받치며 되살아났다.

살아있을까나…… 살긴 살았을까나…… 서천서역국 약물 구하는 험한 길에 보내지는 않더라도 살아있다면야…… 살아만 있다면야…… 휘여…… 휘여…….

길대부인의 탄식이 깊어가는 사이 오구대왕으로부터 급히 들라는 재촉이 왔다. 길대부인이 차비를 하고 오구대왕의 거처로 드는 사이 궁 안의 모든 신하들과 여섯 딸과 사위들이 모두 기별을 받고 오구대왕 전으로 들고 있었다.

"그대도 못 가겠는가?"

오구대왕이 가장 믿고 총애하던 대신에게 마지막으로 물었다. 대신의 낯빛이 흙빛으로 변하고 있었다. 주요 관직에 있는 대신들 모두 일일이 대왕의 하문을 받았으나 서천서역국 가는 길을 청하는 이는 아무도 없었다. 늙고 병든 대왕이 밭은기침을 하며 한숨을 내쉬었다.

"허면 첫째야. 네가 가려느냐?"

하문을 받은 큰딸의 낯빛도 흐려졌다. 여섯 딸들이 모두 일일이 하문을 받았으나 딸들의 답변도 한결같았다. 시집을 간 이상 출가외인인지라 친정아버지의 병구완 때문에 집안을 망칠 수 없다는 대답이었다.

젊은 날 성정이 불같던 오구대왕은 이빨 빠진 호랑이나 다름없었다. 체념한 듯 더 이상 토를 달지 않았다. 바리공주를 찾으라고 한 꿈속의 동자 이야기도 끝내 입 밖에 내지 못했다. 자신이 내다 버리라고 한 딸을 자신의 병구완을 위해 찾아 들이라 명하기가 아비로서 부끄러운 일임을 알고 있었다. 길대부인은 침묵으로 일관하고 있었다. 오구대왕이 마침내 길대부인에게 물었다.

"부인의 생각은 어떠하오."

길대부인은 이제 와서야 버린 딸을 찾으려는 대왕이 야속하기도 하고 십오 년 전의 그날이 떠올라 원망스럽기도 했으나 잠시 침묵 끝에 입을 열었다. 어떻게든 살 길을 구해보고 싶은 노쇠한 남편이 딱하기도 했고 이참에 바리공주의 생사나 확인해볼 요량이었다.

"소첩이 한 식경 전에 꿈을 꾸었사온데 십오 년 전 버린 딸 바리공주를 찾으라는 꿈속의 말씀이 있었사옵니다. 대왕께서 버린 자식이지만 지푸라기라도 잡아야 할 터이니 찾아봄이 어떠하올지. 대왕께서 서해 용왕에게 진상이나 하라 하셨으나 소첩이 불경하게도 대왕의 명을 어기고 수미산 골짝에 핏덩어리 공주를 버렸사오니 수미산 근처로 사람을 보내어 찾아보소서."

길대부인의 말 속에 원망이 사무친 가시가 등등했지만 오구대왕은 애써 모른 척했다.

"어서 서둘러 바리공주를 찾아오라."

대왕의 명령이 떨어지자 궁 안의 말 잘 달리는 무인들과 대신들이 곧장 차비를 갖추어 수미산으로 출발했다.

할미, 곧 돌아올게

"할미, 난 안 갈 테야."

"아기씨, 아기씨를 낳으신 아버님 어마님의 부르심이오."

"글쎄, 난 안 간다니깐. 내 부모님은 할미 할아비야."

바리공주는 완강했다. 궁에서 나온 사람들이 수미산 일대를 이 잡듯 뒤지다가 우연히 비럭공덕할아범을 만나면서 움막 앞이 붐비기 시작했다. 처음에 바리공주는 얼굴이 상기되며 몹시 흥분하는 눈치였으나 이내 냉정을 찾았다. 비럭공덕할멈에게 궁으로 가지 않겠노라고 재차 다짐을 놓고 있었다. 바리공주의 생존을 믿을 수 없어하던 대신들은 비럭공덕할아범이 내준 옥함을 열어보고 흰 비단 붉은 비단에 쓰여진 양 마마의 생년일시와 바리공주의 생년일시를 확인한 후에 읍소하며 바리공주에게 큰절을 올렸다. 열다섯 살의 바리공주는 그들이 하는 양을 내처 바라보기만 하다가 이내 싸늘해졌다. 어찌하다 잘못 잃어버린 것도 아니고 작정하여 내다 버린 자식을 찾으러 왔으면서 제 자식인지 아닌지 표적을 맞춰보고 하는 양이 가소로워 보였다. 제 자식이 아니어도 버려진 불쌍한 것들을 혈육처럼 거두고 입히는 일을 비럭공덕할멈과 할아범은 평생 해오지 않았던가. 꼭이 사람에게만이 아니라 산중의 길 잃은 짐승들에게도 비럭공덕할멈과 할아범은 어미나 다를 바 없었다.

"내가 지닌 표적과 불나국 양 마마의 표적이 같다고는 하여도 나는 하도 어릴 적 갓 낳은 핏덩이일 때 버려졌으니 그 표적은 내 것이 아닐지도 모르오. 궁으로 돌아가서 나를 버리신 아버님의 피를 받아 오시오. 정녕 합혈하는지 확인한 연후에 그분의 자식인지 아닌지 판단할 바요."

궁으로 가지 않겠다는 말을 전했음에도 불구하고 대신들이 꼼짝을 않자 바리공주가 다른 표식을 주문하였다. 열다섯 살 난 이의 거동 치고는 말투며 몸가짐이 너무나 의연하고 당당한 터라 대신들은 기가 질려있었다. 게다가 다른 사람도 아니요 한 나라의 국왕 내외가 자신을 찾고 있다는데도 기뻐하기는커녕 너무도 냉정한 바리공주의 태도에 대신들은 어찌할 바를 몰랐다. 그 길로 파발을 띄워 궁으로 사람을 보내어 바리공주가 요구한 표식을 받아 오게 하였다. 궁으로 띄운 파발마가 다시 움막에 도착하길 기다리는 동안 바리공주는 비럭공덕할멈에게 궁으로 가지 않겠다고 다시금 언질을 놓고 산당귀밭 너럭바위에 올라 초적을 불었다. 냉연한 태도와는 달리 바리공주의 초적 소리는 울고 있었다. 할멈이 바리공주를 찾아 너럭바위 아래 계곡까지 이르렀다가 공주의 초적 소리를 들으며 눈물을 훔쳤다.

바로 이곳에서 핏덩이 아기씨 씻길 적에 수천수만 장 꽃잎이 비늘처럼 떨어져 은하의 물처럼 흘러갔다오. 하늘 아는 아기씨 하늘이 살릴 적에 오늘 같은 일 있으리라 한울님은 아셨던 게지.

수군거리는 대신들이 나누는 이야기 속에서 오구대왕이 십오 년 만에 바리공주를 급히 찾는 연유를 엿들은 할멈은 바리공주의 운명이 심장에 대못을 치듯 아팠다. 부모를 만나게 되었으니 일단은 기쁘기도 하고 바리공주의 앞날에 펼쳐질 역경이 걱정되어 눈물이 앞서기도 했다. 비럭공덕할멈은 한참을 바리공주의 초적 소리에 귀 기울이다가 살그머니 움막으로 먼저 내려와 대신들에게 좀 더 기다려보라고 전했다.

궁으로 돌아갔던 파발이 오구대왕의 단지혈을 받아 움막에 다시 도착하고도 한참을 지나서야 바리공주가 산에서 내려왔다.

"잔을 가지고 오시오."

대신이 금 쟁반에 담은 금잔을 대령했다. 금잔 속에는 정화수가 반 정도 찰랑이고 오구대왕이 무명지를 베어 흘려 넣은 피 한 방울이 마가목 붉은 열매처럼 신기하게도 정화수에 섞이지 않은 채 떠 있었다. 금잔 속을 한동안 들여다보던 바리공주가 이윽고 품속에서 단검을 꺼내어 날렵하게 오른쪽 무명지를 그었다. 붉은 핏방울이 몇 점 투둑, 떨어지고 핏방울이 금잔의 가장자리를 맴도는가 싶더니 오구대왕의 핏방울과 서서히 합쳐졌다.

휘여, 피로구나. 또 피로구나.

바리공주가 우뚝 선 채 금잔 속의 핏방울을 노려보았다. 서서히 합쳐지는 핏방울을 보자 말할 수 없이 복잡한 마음이 들었다. 자신을 낳은 부모를 꼭 만나보고 싶은 마음과 자신을 버린 부모에게 끝내 냉정해지고 싶은 두 마음이 바리공주의 내면에서 싸우고 있었다. 가고 싶으면서도 가는 게 두려웠다. 병약해진 비럭공덕할멈과 할아범을 산중에 두고 가야 한다는 것도 마음에 걸렸다.

바리공주가 깊은 숨을 내쉬며 비럭공덕할멈과 할아범을 바라보았다. 할멈은 울고 있었고 할아범 역시 개개한 눈가를 훔치고 있었다. 바리공주와 시선이 마주치자 두 사람 모두 고개를 끄덕였지만, 바리공주는 입술을 꼭 문채 반응이 없었다. 갈등하는 빛이 역력한 바리공주에게 비럭공덕할멈이 다가왔다.

"가셔야 합니다, 아기씨. 세상천지에 부모 자식 연이란 게 이토록 중한 거랍니다. 순리를 거스르지 마소서."

비럭공덕할멈의 주름지고 거친 손이 바리공주의 손을 잡는 순간,

참았던 울음이 터져 나왔다.

"순리라니! 자식을 버린 부모 따위에게 순리가 무슨 소용이야? 싫어. 난 안 갈 테야!"

마음과는 다른 냉랭한 말이 바리공주의 입에서 튀어나오자 비럭 공덕할멈이 가만히 바리공주를 안았다. 할멈의 품에 안겨 바리공주가 가만히 울었다. 자신을 낳은 부모가 보고 싶으면서도 그것을 애써 숨기려 하는 바리공주의 마음을 헤아린 할멈이 바리공주의 등을 쓸어주며 토닥토닥해 주었다.

"내 새끼, 우리 아기씨, 부모님 얼굴을 한번 보지도 못하면 천추에 한이 될 것이 틀림없답니다. 이 할미 할아비를 봐서라도 부디 다녀오세요."

시립해있던 대신들이 모두 무릎을 꿇고 엎드려 청했다.

"공주마마, 대왕마마께서 위중한 병중이시라 꼭 모셔 오라고 청하셨으니 부디 통촉하소서."

비럭공덕할멈의 품에서 한동안 울고 난 후 바리공주가 눈물을 닦으며 몸을 일으켰다. 할멈이 바리공주를 향해 고개를 끄덕여주었다. 할멈과 할아범 앞에 바리공주가 큰절을 올렸다. 할아범이 아무 말 없이 바리공주의 손을 잡았고 할멈이 짓무른 눈에 눈물을 가득 담고는 주름진 손으로 바리공주의 얼굴을 하염없이 쓰다듬었다.

"할미, 곧 돌아올게."

바리공주가 할멈의 짓무른 눈가를 손으로 닦아주며 말했다.

"하오면 금연을 타시겠사옵니까, 옥교를 타시겠사옵니까."

물어오는 대신의 얼굴을 쳐다보지도 않은 채 바리공주가 단번에 잘라 말했다.

"이대로 걸어가겠소."

수미산을 벗어나는 바리공주 일행을 비럭공덕할멈이 산 아래까지 따라 내려와 바라보며 울고 또 바라보며 울었다.

행렬의 맨 앞에 길잡이 나인이 서고 그 뒤에 무명옷을 입은 맨발의 바리공주가 수미산을 등지고 걸어갔다. 말을 타지도 못한 채 말고삐를 끌고 걸어가는 대신들과 빈 금연과 옥교가 휘청거리며 바리공주의 뒤를 따랐다.

수미산에서 따라온 바람이 일렁, 불어와 바리공주의 머리칼이 너울거렸다.

"무구야, 넌 여기 남아 할미 할아비를 지켜줘. 나 곧 돌아올 테니까."

바리공주의 속삭임에 휘이이잉, 바람의 말이 갈기를 흔들며 응답했다.

목숨 얻은 것들의 슬픔

"아가, 어디 보자. 내 딸 바리공주야, 휘여 휘여, 내 가슴에 십오 년 뜨신 구덩이로 묻은 핏덩어리 딸아, 내 딸아."

후원 깊은 처소에서 길대부인의 통곡이 밤새 끊이지 않았다. 길 대부인은 바리공주의 얼굴을 쓰다듬고 손목 발목을 매만지고 치쓸 고 내리쓸면서 울었다. 거친 맨발을 쓰다듬으며 울고 또 울었다. 한 번도 투막 같은 맨발을 부끄러워해본 적 없건만 어미의 눈물 앞에 서 바리공주는 자꾸 맨발을 감추었다. 흰머리가 성성한 낯선 어머 니의 통곡이 가슴 아팠다. 손가락에 피를 내어 비단 폭에 바리공주 의 이름을 쓰며 통곡했을 십오 년 전의 어머니가 떠올라 바리공주 가 눈물을 삼켰다.

"네가 미워 버렸겠느냐. 종묘사직을 전할 태자를 두지 못한 역정으로 너를 버렸도다. 아비를 용서하여라.”

　병색이 짙은 오구대왕은 이 한마디로 바리공주에게 사죄를 청하였다. 나이도 나이거니와 오랜 병고로 오구대왕은 이미 백발노인이 되어있었다. 바리공주는 수척한 모습으로 용상에 간신히 기대어 앉은 노인을 하염없이 바라보기만 하였다. 궁에 들어와 백관이 좌정하고 있는 어전에 들어서면서 바리공주는 자신을 버린 아버지가 정정하고 오만한 모습으로 용상을 지키고 있기를 내심 바랐는지도 몰랐다. 십오 년 세월 동안 삭이고 삭여도 다 삭이지 못한 마음의 원망이 정당한 것이기를 바랐는지도 몰랐다. 마음에 한 가닥 원망을 품고 사는 일은 가혹한 형벌이었다. 그런데 자신을 버린 아버지는 이미 피폐해질 대로 피폐해져 원망이 무색했다. 바리공주는 마음의 외진 그늘에 단단하게 매여있던 쇠줄 한 가닥이 날카롭게 끊어져 나가는 소리를 들으며 오구대왕을 바라보고 있었다. 늙고 병든 아버지도, 아버지에 대한 원망을 품고 살았던 자신도 가여웠다. 바리공주의 시선을 감당하기 힘들었는지 오구대왕은 바리공주를 찾은 연유를 차마 말하지 못한 채 좌중을 물리라 명하고 기침을 심하게 하며 침소로 퇴하였다.

　길대부인으로부터 오구대왕이 자신을 급히 찾은 연유를 들은 바리공주는 밤새 잠을 이루지 못하였다. 아버지가 불쌍해서도 자신이 불쌍해서도 아니었다. 처음으로 수미산을 벗어나 대면한 세상은 고통스러운 광경으로 가득했다. 궁으로 오는 길 내내 바리공주는 몰락해가는 나라의 백성들이 겪고 있는 고통을 뼈아프게 목도해야 했다.

아, 나는 할미 할아비의 공덕으로 그동안 너무 편안히 살았구나. 세상살이가 이토록 힘든 것을 나는 몰랐구나.

수미산에 사는 동안 바리공주가 감당해야 했던 고통은 부모로부터 버려진 존재라는 것이었지만, 세상에는 부모에게 버려지지 않고도 끔찍한 고통을 당하는 사람들이 너무나 많았다. 궁으로 오는 내내 바리공주는 계속되는 충격으로 눈이 아팠다. 보는 것만으로도 상처가 되는 모진 광경들이 바리공주의 두 눈에 칼금을 내놓은 것만 같았다. 자신이 수미산의 온갖 나무들과 꽃들과 산짐승들과 더불어 행복할 때 어미의 가슴에 매달려 빈 젖을 빨면서 굶어 죽어가는 아기가 있을 거라고는 상상도 하지 못했다. 피폐한 마을들에 살아남은 사람들은 대부분 피골이 상접한 모양새였고 바리공주 행렬이 지나가자 쥐 떼처럼 모여들며 다투어 구걸을 했다. 바리공주의 손과 발목을 붙잡으며 눈앞에 손바닥을 들이미는 백성들은 아주 어린 아이들부터 노인들에 이르기까지 하나같이 퀭한 얼굴이었다. 줄 수 있는 것이 아무것도 없어서 바리공주는 가슴이 아팠다.

"불나국의 모든 마을이 이러합니까? 대체 이 나라가 왜 이토록 피폐합니까?"

길잡이를 하고 있는 나인에게 바리공주가 물었다.

"오랜 병으로 오구대왕님이 정사를 돌보지 못하여 이렇습니다."

바리공주의 가슴으로 크나큰 고통이 밀려왔다. 궁에서 멀건 가깝건 대부분의 마을들이 매한가지였다. 온몸에 부스럼이 앉은 채 진물을 줄줄 흘리며 오들오들 떨고 있는 아이 곁에서 흙구덩이를 파고 있는 여인에게 바리공주가 물었다.

"왜 흙구덩이를 파는 것입니까?"

퀭한 눈빛의 여인이 허깨비처럼 대답했다.

"흙을 파내어 흙떡을 만들어 먹습지요. 그리고 생긴 흙구덩이에는 조만간 죽을 아기를 묻게 되겠지요."

비통함마저 사라진 여인의 건조한 말이 바리공주의 가슴을 후벼 팠다. 바리공주가 부스럼이 가득한 아이에게 손을 내밀자 아이가 희미하게 웃었다. 그 웃음이 너무도 기가 막혀서 후두둑 눈물을 떨군 바리공주가 아이를 가슴에 안았다. 앙상한 작은 새처럼 오들오들 떨던 아이가 바리공주의 품에 안겨 힘없이 얼굴을 기대왔다.

아아, 목숨을 부지한다는 것이 이토록 무시무시한 일이구나. 죽어가는 이들을 살릴 방도는 없는 것인가.

얼굴과 몸에 파리 떼가 엉겨 붙어도 손사래 쳐 쫓을 힘조차 없는 아이들과 노인들이 마을 곳곳에서 볕을 쬐며 죽어가고 있었다. 그들의 퀭한 눈동자는 이렇게 묻고 있는 것 같았다.

나는 왜 태어난 것일까. 왜 태어나서 이런 고통을 겪어야 하는 것일까.

바리공주는 자신이 버려졌다는 것 때문에 고통스러웠지만 자신의 고통 외에 다른 사람의 고통을 생각해본 적이 없다는 사실 때문에 또한 부끄러웠다.

버려졌기 때문에 바리는 자신을 더욱 사랑했다. 한 번 버려졌으니 절대로 두 번은 버려지지 말아야 한다고, 자신을 더욱 사랑해줘야 한다고 스스로 생각했다. 비럭공덕할멈과 할아범의 지극한 사랑은 바리를 그렇게 키웠다.

그런데 수미산 바깥의 세상은 마치 통째로 버려진 것만 같았다. 불나국의 백성들은 조정으로부터 내팽개쳐진 채 고통 속에 죽어가고 있었다. 이런 세상을 보지 못했다면 모르고 살았겠지만, 본 이상 잊을 수 없는 화인이 바리공주의 가슴에 찍혔다. 이대로는 수미산으로 돌아간다 해도 예전처럼 살 수 없다는 것을 바리공주는 깨달았다.

굳이 가지 않아도 된다는 길대부인의 만류에도 불구하고 바리공주는 서천서역국으로 생명수 구하러 가는 일을 자청하였다.

다음 날 어전에 들어 바리공주가 오구대왕 전에 아뢰었다.

"소녀, 부모님 은공 입은 바가 그리 크지 않사오니 아버님의 병을 고칠 생명수를 굳이 제가 구하러 가야 한다고는 조금도 생각하지

않습니다."

창백한 얼굴의 오구대왕은 침통한 표정을 지을 뿐 말이 없었다. 바리공주가 어떤 결심을 하건 가타부타 요구할 처지가 아님을 잘 알고 있기 때문이었다.

병든 왕이 기침을 했고 시종이 타구를 바쳐 각혈을 받아내는 것을 지켜보는 바리공주의 눈길은 침착했다.

"하오나 소녀 아버님께 하룻저녁 신세 지고 어머님 배 속에서 열 달 동안 피와 살을 받아 세상에 나왔으니 그 은공마저 모른다 하지는 않겠습니다. 두 분의 인연으로 이 나라 임금의 딸로 태어났으니 백성의 삶을 보살피는 것이 왕가의 일이온데, 지금 불나국 백성들은 지옥과도 같은 삶을 살고 있더이다. 그 원인이 아버님의 병환 때문이라 하니 이 나라 백성들의 삶을 위해 아버님의 쾌유를 도모하겠나이다."

침착하고도 당당한 바리공주의 목소리가 어전에 울려 퍼지는 동안 대신들이 엎드려 감읍하였다.

바리공주가 오구대왕 앞으로 세 발자국 더 나아가며 말했다.

"대왕이시여. 듣자니 정사가 바로잡혀야 백성의 삶이 평안해진다 하니, 소녀, 생명수를 구하러 가겠습니다. 소녀가 생명수를 구해 와 아버님을 살린다면, 아버님의 목숨은 불나국 백성들에게 빚진 것이오니, 기억하고 또 기억하소서."

마음은 이미 늙고 병든 아버지를 용서한 연후였으나 십오 년 세월의 앙금이 하룻밤에 걷힐 일은 아니었다. 공주의 말투는 여전히 냉연했지만 오구대왕은 크게 기뻐하며 떠날 준비를 서두르라 일렀다. 바리공주는 언제 돌아올지 모르는 여정을 위해 무쇠로 지은 남자 의복을 요청한 후 길대부인에게 당부하였다.

"어머니, 소녀가 떠난 지 오랜 시간이 흘러 혹여 아버님께서 승하하시더라도 서둘러 발인치 마시고 소녀 돌아올 때까지 기다려주소서."

바리공주가 삼단 같은 검은 머리에 갈두건을 동여매고 얼굴에 재를 칠하고는 무쇠 옷과 무쇠 패랭이를 쓰고 궐문을 나섰다. 십오 년 세월 동안 자유로운 맨발이었던 바리공주의 발에는 무쇠 신이 신겨졌고 무쇠 옷 안쪽에 무쇠 주령과 단검을 품고 무쇠 지팡이를 짚은 채였다. 사슴처럼 날렵한 바리공주가 무쇠 옷을 걸치고 궐문을 나설 때 궐 안의 모든 사람들이 엎드려 눈물을 흘렸다.

이 무쇠 옷이 다 닳기 전에 생명수를 구해 오리라.

궐문을 걸어 나오는 바리공주의 양 어깨 위로 해와 달이 동시에 떠올라 바리공주를 호위하듯 길을 이끌었다.

생명수를 찾아 떠나다

　휘여, 수미산 계곡 나린 물에 우리 할미가 핏덩이 나를 씻길 적에 수천수만 장 꽃잎이 비늘처럼 내 몸에서 떨어져 흘러갔다 했던가. 휘여, 할미야. 바리는 서천서역국으로 가오. 수미산 서쪽 능경봉에서 내가 늘 바라보던 그 땅으로 가오. 몇 천만 리 머나먼 길이라 하던가. 갔다가도 돌아온 이 없어 아무도 알 리 없는 땅으로 내가 가오. 할미야, 할아비야. 그날 그 핏덩어리 어린 몸에서 흩어져 내렸다는 꽃잎들, 불개미 왕거미로 내 온몸의 구멍을 드나들어 나를 지켰다는 그 꽃잎들 말이지, 수미산 계곡물에 나려 멀리멀리 흘러간 그 꽃잎들, 그 물을 찾으러 가오. 서천서역국에 있다는 생명수와 꽃을 찾으러 가오. 할미 할아비가 연고 없는 나를 거두어 보살핀 공덕으로 내가 살았으니 이제 나도 더 많은 목숨을 살릴 방도를 찾으러 가오. 할미가 늘 말하던 하늘 아는 아기씨란 그런 뜻일 듯싶어. 한 울님 나를 내실 적에 감당하라고 한 운명이 무엇인지 찾아보고 싶어. 험한 땅이라 들었으나 염려 마오. 할미 할아비가 가르쳐준 그대로 바리는 언제나 바리를 가장 아낄 것이니, 내 염려 일랑 말고 바리가 돌아올 때까지 두 분 부디 무탈하게 지내옵소서.

바리공주가 무쇠 주령을 흔들면서 길을 서둘렀다. 시간이 없었다. 무쇠 신의 뒤축에 쓰닥거린 발뒤꿈치에서 피가 흘렀다. 맨발로 산야를 자유롭게 내달리던 발이었으니 무쇠 신의 무게에 쉽게 익숙해지지 않는 것이 당연했다. 바리공주는 더 이상 수미산 쪽을 돌아보지 않고 오로지 앞만 보고 걸었다.

수미산의 만년설 봉우리가 더 이상 보이지 않게 되었을 때였다. 발뒤꿈치에 피딱지가 앉기 시작했는지 더 이상 피도 흐르지 않았다. 그때였다. 눈앞이 번쩍거리더니 거대한 유리산이 바리공주 앞을 가로막았다. 선뜩하고 차가운 빛이 반사되어 온몸을 베고 들어오는 것 같았다. 깜짝 놀라 주저앉아 찬찬히 바라보니 앞길이 유리벽으로 꽉 막힌 채였다. 더듬더듬 유리벽을 만져가며 옆으로 움직여봤으나 끝없는 유리벽이었다. 투명한 유리산 저 너머로 푸른 하늘과 가야 할 길이 보이건만 몸은 이쪽에 갇혀 꼼짝할 수가 없다니! 가야 할 길이 훤히 보이는데도 갈 수 없는 상황이 되자 목이 졸린 듯 숨이 막혀오기 시작했다. 유리산이 막아버려 공기가 들어오지 않는 것 같았다. 숨이 차고 무서웠다. 공포가 몰려오자 옥함 속에서 울던 갓난아기의 울음소리가 메아리쳐 들려왔다. 그것이 자신의 울음소리란 걸 깨닫자 외면하고 싶었다. 바리공주가 손으로 두 귀를 막고 고개를 저었으나 아기울음소리는 점점 더 커져갔다. 살라고 태어났으나 태어나자마자 죽으라고 버려진 아기가 유리산에 갇혀 울고 있었다. 가야 할 길은 삶이었으나 훤히 보이는 그 길로 가지 못하고 죽음에 갇혀 울고 있는 아기가 가엾고 가여웠다. 귀를 막았던 손으로 바리공주가 유리벽을 두드리며 아기와 함께 울었다. 울지 마라 아가. 울지 마라 바리야. 너는 산단다. 너는 강하단다. 그때 누군가 갓난아기가 담겨있는 옥함의 뚜껑을 열었다. 누구였을까, 뚜껑을 연 사람은? 살고자 하는 갓난아기의 의지가 그리했는지 모른다. 살고자 해서 무구가 내게 온 것인지 모른다. 고개를 끄덕이며 바리공주가 무쇠 옷과 무쇠 패랭이와 무쇠 지팡이를 만져보았다. 숨을 고른 후 눈을 질끈 감은 바리공주가 갓난아기가 울고 있는 유리벽을 향해 정면으로 내달리기 시작했다.

살아야 한다, 아가. 살라고 태어난 목숨이다.

꾸르릉, 쩡! 날카로운 소리와 둔중한 소리가 함께 울리며 유리산이 산산조각 난다는 느낌과 함께 바리의 몸이 붕 떠올랐다가 쿵 떨어졌다. 유리산을 뚫고 나오자 햇살이 눈부시게 쏟아지는 쾌청한 하늘과 너른 풀밭이었다. 너는 누구냐? 너는 버려졌던 여자아이지.

아니야, 나는 강한 바리다. 비럭공덕할멈이 두 팔을 벌려 바리를 껴안고는 노란 마타리 꽃을 귀에 꽂아주었다. 언젠가 바리가 할멈에게 꽂아준 적 있는 그 꽃이었다. 할미야, 나는 알고 있어. 내가 버려진 데에는 하늘의 뜻이 있는 거야. 무슨 비밀이 있는 거야. 세상에 꼭 필요한 사람에게 하늘은 큰 시련을 주는 거니까. 시련을 통과해서 나는 강해질 거야. 나는 나를 믿으면 돼. 나는 나를 사랑하면 돼. 그러면 비밀을 풀 수 있어. 거기서부터 출발하는 거야. 바리공주가 푸른 하늘을 올려다보며 고개를 끄덕거렸다.

무한한 육로를 끊임없이 걸어가며 낮과 밤이 계속되었다. 평지가 끝없이 펼쳐진 길이어서 걸어도 걸어도 끝이 보이지 않을 성싶었다. 앞으로도 뒤로도 지평선이 펼쳐진 평원이었다. 사람 하나 만날 수가 없었다. 밤낮을 구분 없이 바리공주는 오로지 걸었다. 걸으면서 잠깐씩 졸았고 꿈을 꾸다가 퍼뜩 깨보면 걷고 있었다. 수미산 정상이 더 이상 보이지 않는 지점에 이르면서 시간이 까마득히 휘어지고 있다는 느낌이 발밑으로부터 온몸으로 전해져왔지만, 휘어지는 시간 속에서 무엇을 어찌해야 한다는 계획이 있을 리 만무했다. 우선은 서천서역국이 지닌 시간의 흐름에 익숙해지는 수밖에 없었다. 꼬박 며칠을 걸었다 싶은데 끊임없이 낮이 계속되어 하루가 몇 달처럼 늘어나기도 했고 몇 년을 걸어온 듯한데 낮과 밤이 단 한 번 바뀌었을 뿐이기도 했다. 다행히 밤이 찾아오면 예외 없이 별들이 천구를 밝히며 항해해 주었으므로 북극성을 놓칠 일은 없었다. 바리공주에게 오로지 확실한 것은 서쪽으로 가고 있다는 사실뿐이었다.

얼마큼이나 걸었을까. 별안간 평지가 끊어지더니 세찬 모래바람이 불어 닥치기 시작했다. 무쇠 옷과 무쇠 패랭이에 와 부딪치는 모래알갱이들이 창검 부딪치는 소리처럼 쟁쟁했다. 모래바람 속에서 바리공주는 불꽃같은 모양새로 대지를 뒤덮고 있는 화염산을 지나고 모래 봉우리가 살아있는 짐승처럼 이곳저곳으로 옮겨 다니는 모래산에 갇혔다가 간신히 빠져나오기도 했다. 사막 속에서 믿기지 않는 새파란 연못을 만났는가 하면 소금물이 흐르는 계곡을 지나기도 했다. 사막 한가운데 고여있는 소금연못 속에서 오색 물고기들이 헤엄치며 노니는 것을 바라보다가 회오리바람을 몰고 온 검은 폭풍에 휩쓸려 얼음산 빙하 속으로 미끄러지기도 했다. 꿈인지 생시인지 분간할 수 없는 공간들이 출몰하더니 별안간 다시 망망한 평지가 나타나 끝없는 지평선이 계속되었다.

걸으면서 자는 날이 오래되면서 꿈속의 바리공주가 현실 속의 바리공주를 향해 무어라 말을 거는 경우도 잦아졌다. 꿈속의 바리공주는 갓 낳은 핏덩이기도 했고 일곱 살 계집아이기도 했고 열네 살 소녀이기도 했다. 더러는 흰머리가 성성해진 늙은 바리공주가 현실의 바리공주에게 무어라 못마땅한 욕설을 퍼붓기도 했다. 후훗, 바리야. 할미가 늘 하던 말 있잖아. 고운 말을 입에 담아야 마음이 고와지고 마음이 고와져야 얼굴이 고와진다고 하지 않든. 웬 욕을 그리 많이 해. 우리 할미 들으면 '하늘 아는 우리 아기씨 어쩔거나, 이 욕을 한울님이 몽창 들으시면 괴로워서 어쩔거나.' 하시겠다. 가만…… 그런데 웬 주름살이 우리 할미보다 많아. 네가 이렇게 늙어버리면 우리 할미는 어찌 된단 말이냐. 아니 되겠다 바리야, 늙어 고부라진 바리야, 어여 본래로 돌아와라. 젊은 시절을 통과하지 않고 어찌 늙음을 얻을 수 있다더냐. 시간을 공짜로 먹으려 하면 도둑놈 심보지. 아무렴…… 그렇고말고…… 몽환과 현실이 겹쳐지면서 더 이상 걷는 일이 힘들게 느껴지지 않는 때도 많아졌다. 품속의 무쇠 주령을 꺼내 허공중에 한 번 흔들자 천리 길이 단박에 코앞에 닿아 있기도 했고 두 번을 흔들자 이천 리 길이 바로 코앞에 닿아 있기도 했다. 지나온 길 위에 낭자하게 흩어진 무쇠 방울 소리만큼 별들이 새로 돋았다.

휘여, 어디로 얼마큼이나 더 가야 죽어가는 아버지를 살릴 물과 꽃을 구한단 말이냐. 날마다 별들은 자욱해지는데 물어볼 사람 하나 없구나.

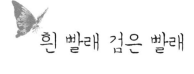

흰 빨래 검은 빨래

인적 없는 시간이 일월처럼 흘러갔다. 불나국을 떠나온 이래 바리공주는 오로지 혼자였다. 몇 만 리 길을 오는 동안 단 한 사람도 만나지 못한 채 밤 속으로 걸어 들어가면 낮이 나오고 낮 속을 십 수일 걷는가 싶으면 밤이 나오곤 하였다. 그러다 어디선가 탁! 탁! 탁! 빨랫방망이질 소리가 들려오기 시작했다. 처음엔 환청인가 했다. 이명처럼 아득하게 황야 저편에서 들려오는가 싶더니 돌돌돌…… 얼음 밑으로 시냇물 흘러가는 소리가 겹쳐 들리기 시작하면서 한겨울 시린 바람의 감촉이 무쇠 옷의 앞섶으로 차갑게 스며들어 왔다.

불나국을 떠난 때가 언제인데 어느 틈에 겨울이 되었단 말인가.

바리공주가 문득 계절을 셈하며 골몰해있을 때 어디서 앙칼진 일

갈이 들려왔다.

"한여름 차디찬 바람에 등골이 오싹거리는데 그나마 등 뒤에 온 온하게 떨어지던 햇볕 한 싸라기를 어느 잡것이 거두어가는 게야!"

한여름 차디찬 바람이라? 그렇지, 여기는 서천서역이지.

서천서역을 헤매기 시작한 지 오랜 시간이 흘렀지만 아직 바리 공주는 서천서역의 시간을 잡는가 하면 놓치고 놓쳤다 싶으면 잡으면서 오고 있는 셈이었다. 이곳에서는 시간이 공간 속을 헤매고 낮밤이 얼크러지며 계절이 저 좋은 대로 휘어가기 십상이었다. 바리공주가 문득 정신을 차렸더니 눈앞에 홀연 산 하나가 나타나고 산 허리를 감고 도는 개울가에서 허리가 낫날처럼 휘어진 할멈 하나가 군시렁거리며 빨래를 하고 있었다.

바리공주가 허리를 숙여 공손히 물었다.

"한여름 살 에는 바람 속에 수고하시는 할머님, 죄송하오나 말씀 좀 물을까 합니다."

"이런 우라질 잡것! 말씀을 묻건 누룽지 긁어 논에다 심건 대답해 줄 시간 없지만서두 햇볕 아까우니 썩 꺼지라니깐!"

바리공주가 얼른 할멈의 등 뒤에서 비켜서며 물었다.

"어디로 가면 죽어가는 사람 살리는 약수를 구할 수 있겠습니까?"

"힝, 새 뒤집힌 채 날아가는 소리! 죽을 놈이 죽는 게지 죽을 사람을 어찌 살리누. 죽을 때가 됐다는 건 그만 돌아가야 할 무슨 연유가 있다는 말씀이지. 생사의 법도가 엄중하거늘 뭔 욕심들이 그리 징그럽게 많은 게야! 죽을 때가 됐으면 잘 죽을 일을 걱정해야지 한울님 똥구멍 쑤셔보듯 용천지랄하며 살아날 구녁 쳐다보는 그 잡놈이 누구라더냐. 게다가 내, 그 약수 먹고 정작 누가 살아났다는 소문일랑 들어본 적두 없다!"

할멈의 대답은 거칠기 짝이 없었으나 바리공주가 다급하게 재차 물었다.

"먹고도 살아난 이 없다는 그 약수가 어디 있는지 좀 알려주시지요."

"흥! 꼴 보기 망측한 년 속곳 벗고 덤빈다더니, 예 쌓인 검은 빨래 희디희게 빨아놓고 흰 빨래는 감탕 같이 검디검게 빨아놓으면 내 가르쳐주지."

할멈이 심술 사납게 내뱉고는 빨랫방망이를 들어 쾅쾅 얼음을 짓깨더니 얼음 구멍을 하나 더 만들었다. 그러고는 빨랫감을 덜어 턱하니 옮겨놓았다.

검은 빨래는 희게 빤다고 하나 흰 빨래는 어찌 검게 빤다는 말인가.

바리공주는 그만 발길을 돌릴까 하다가 산더미 같은 빨랫감을 얼음물 속에서 헹구고 있는 할멈의 뒷모습이 너무도 야위어 보이는 통에 쉬이 발길이 떨어지지 않았다. 할멈의 손등은 바싹 언 생강처럼 빨갛게 부풀어 올라 금방이라도 터질 듯해 보였다. 게다가 서천 서역국에 들어온 지 얼마 만에 만나는 사람인가. 약수가 있다는 곳의 근방이라도 알아야 했다. 이윽고 바리공주가 무쇠 옷을 걷어붙이고 앉아 검은 빨래부터 얼음물 속에 담그기 시작했다. 얼마나 시간이 흘렀을까. 산처럼 쌓여있던 검은 빨래가 다 끝나가고 흰 빨래가 다시 산처럼 남아있었다. 그 사이 몇 번의 밤이 지나갔다. 바리공주가 한숨을 내쉬며 할멈을 흘긋 바라보았다. 여태 등 뒤에 있던 터라 보이지 않던 할멈의 얼굴이 그때 처음 보였는데 주름진 눈꺼풀이 천장처럼 내려앉아 감았는지 떴는지 분간하기 어려운 두 눈 사이에 청옥을 박아 넣은 것 같은 휘둥그런 눈알 하나가 미간 조금 위의 이마에 커다랗게 박힌 채 뒤룩거리고 있었다. 흠칫 놀라는 바리공주의 모든 것을 다 보고 있다는 듯 빨랫방망이를 휘두르며 검은 빨래를 두들기던 할멈이 버럭 소리를 질렀다.

"왜, 쌀뜨물에 애라도 섰다고 말하고 싶은 게냐? 잡것 같으니. 시작을 했으니 끝을 보아야지! 죽은 사람 살리는 길이 그리 쉬우면야 지옥이 텅텅 비어 아귀들 배고파 다 쓰러 넘어지시겠다. 내 볼일 좀 보고 올 테니 여기 흰 빨래도 다 거두어 검게 빨아놓아. 검은 빨래를 희게 빠는 일이야 흰 빨래를 검게 빠는 일에 비하면 자기 공 안 들이고 극락 가기지!"

하더니 빨랫방망이를 던져놓고 산허리께를 슥 돌아들어 가더니 보이지 않았다.

바리공주의 열 손가락은 이미 감각이 없어진 지 오래였다. 손등이 새빨갛게 부풀어 올라 실금 같은 핏물을 머금으며 갈라터지고 있었다. 피가 스며 나오는 손등을 얼음물에 헹구고는 바리공주가 흰 빨래 더미를 한동안 바라보았다. 입술을 악물고는 다시 방망이질을 시작하였다. 그러나 흰 빨래는 아무리 방망이질을 해도 희어지기만 할 뿐이었다.

흰 빨래를 어찌하면 검게 빨 수가 있담.

흰 빨래 더미의 빨래를 방망이질하면서 또 몇 밤이 지나간 어느 아침이었다. 바리공주의 표정이 일순 환해지더니 빨래 더미를 들고 개울가 흙바닥으로 나가 앉아 흙에다 빨래를 비벼대기 시작했다. 조금씩 흙물이 들면서 흰 빨래가 거무튀튀해져 가고 있었다. 산처럼 쌓인 빨랫감을 모두 흙에다 비벼 빨아 거무튀튀하게 만든 후에 바리공주는 한숨을 내쉬며 자신이 해놓은 양을 가만 바라보았다. 그 사이 시간이 얼마나 흘렀는지는 알 수 없었으나 개울물의 얼음이 조금씩 풀리고 있었다.

물에다가만 빨래를 하란 법 있나. 세상이 처음 날 적에 지수화풍이 그 모체였으니 흙 묻는 옷이 더럽다고 생각하는 것 역시 사람살이의 생각 한끝 차이지.

처음엔 그렇게 생각했었다. 그러나 바리공주는 거무튀튀하게 쌓인 빨래를 하염없이 바라보다가 빨랫감을 거두어 다시 개울가로 돌아와 앉았다.

그렇지, 생각 한끝 차이지. 연꽃이 꽃잎을 여는 것도 진흙탕을 통과한 다음부터지.

흙빨래를 해서 검어진 빨래를 다시 빨래 방망이로 두드리며 눈물 한 방울이 툭 떨어지는가 싶었다. 그러더니 거무튀튀해진 빨래들이 감탕 같은 검은 빛을 내기 시작하는 것이었다. 바리공주의 숱 많은 머리칼 색을 꼭 닮아있었다.

"수작이 하 같잖더니만 이 잡것이 이제사 빨래할 줄을 아는구먼."

바리공주의 등 뒤에서 새된 목소리가 들려왔다. 언제 돌아왔는지 자기 몸의 네 배는 될 듯한 커다란 등짐 바구니를 지고 온 할멈이 수북한 빨랫감들을 개울가에 쏟아놓았다. 덕지덕지 기운 낡은 무명 저고리부터 피고름 덩어리 엉겨 붙은 검은 빨래들과 백 비단으로 지어진 말쑥한 흰 빨래들, 땀에 절은 누런 빨래들에 이르기까지 온갖 빨래들이 다시 산처럼 개울가에 쌓였다. 할멈이 무명 베바지를 척 걷어붙이며 앉더니 다시 빨랫방망이를 들었다.

"이 산 왼쪽 굽이돌아 개울 세 개를 넘어가면 정자나무 한 쌍이 있을 것인데 오른편에 선 정자나무 우듬지가 가리키는 방향으로 한 나절 가다 보면 검은 섬이 나타나고 거기 탑 쌓는 늙은이가 하나 있

을 게야. 그 늙은이에게 길을 물어 약수를 재촉하도록 해. 늙은이가
영 입을 안 열거든 성깔 지랄 같은 청태산 마고할미 불벼락이 무섭
지 않냐고 으름장을 놓아. 게으름 피지 말고 부지런히 걸어 산을 넘
거라. 아니면 정자나무에 닿기도 전에 이 산은 지 맘 가는 대로 사
라질 게야."

　할멈이 곁눈 한 번 주지 않고 단박에 쏘듯이 말을 뱉었다. 무쇠
지팡이를 짚으며 일어난 바리공주가 낫날처럼 굽은 할멈의 등 뒤에
서 깊이 고개를 숙여 인사를 하고는 길을 재촉했다.

금주령과 낭화 세 가지

 기이한 곳이었다. 한참을 걷다 보니 바리는 자신이 물위를 걷고 있다는 것을 깨달았다. 오색 물고기들이 가득 노니는 물속이 훤히 들여다 보였는데 바리는 그 위를 걷고 있었다. 물에 빠지지도 젖지도 않은 채 마치 얼음판 위를 걷듯이 가다 보니 눈앞에 불쑥 검은 섬이 나타났다. 전체가 검은빛인 섬에는 희고 푸르고 노랗고 붉은 빛의 크고 작은 돌들이 굴러다니고 있었다. 검은 모래사장을 따라 한참을 더 걸어 들어가자 마고할멈이 말한 탑 쌓는 노인이 있었다. 바리가 공손히 인사를 올리고 여쭈었다.

 "노인장, 어디로 가면 죽어가는 사람 살리는 약수를 구할 수 있습니까?"

 백발노인은 한 식경이 다 되어가도록 대답은커녕 미동도 않은 채 돌탑 앞에 정좌하고 있었다.

"제발 가르쳐주십시오."

한 식경이 넘도록 바리공주 역시 백발노인 옆에 꿇어앉아 답을 구하고 있었다. 이윽고 백발노인이 입을 열었다.

"어흠, 흠흠, 꼴을 보니 청태산 마고할미 용천지랄하는 빨래 시험을 통과한 모양이구만. 흐엄, 네 용기가 가상타만 악아야, 새겨들어라. 잘 죽을 줄 알아야 살 길도 열리는 법, 잘 죽을 준비를 하지 못하는 잡놈에겐 약수 아니라 약수 할애비라도 소용없느니라."

"소용없는 일이어도 약수를 구해야만 돌아갈 수 있습니다. 제발 길을 보여주소서."

바리공주 역시 물러설 기미가 없었다. 백발노인이 눈을 반쯤 뜨고 흘긋 바리공주를 일별하더니 귀찮아 죽겠다는 듯 자리에서 일어났다.

"여기 있는 돌들로 이 탑과 똑같은 탑을 하나 더 쌓거라. 탑을 다 쌓으면 가르쳐주지."

백발노인이 가리킨 탑은 바리공주의 키 정도 되는 높이의 돌탑이었다. 둘레가 넓지 않고 일자형으로 매출하게 쌓아 올린 탑은 노인이 쌓아놓은 다른 탑들에 비하면 중간 크기 정도 되는 듯싶었다. 돌탑 옆에는 노인이 모아둔 막돌들이 한 무더기 쌓여있었다.

"백팔 일을 넘기면 안 되느니라."

노인이 마지막 말을 박아놓고는 어디론가 사라졌다. 탑의 크기로 보아 백팔 일까지 걸릴 것 같지 않았다. 바리공주가 기단을 만들고 돌을 올리기 시작한 지 얼마 지나지 않아 세찬 바람이 몰아치기 시작했다. 바리공주가 쌓던 탑은 바람을 이기지 못하고 곧 무너져 내렸으나, 노인이 쌓아놓은 탑은 바람을 타고 미세하게 흔들리면서 바람 속에 오롯하게 서있었다. 다시 돌탑을 올리고 무너지기를 수십 차례 반복하면서 바리공주의 손끝은 피가 맺혀 딱딱하게 굳어갔다.

휘여, 어찌하면 바람을 벗할 수 있는 탑을 쌓는단 말인가.

쌓고 무너지기를 수십 차례 반복하는 동안 이미 여러 낮밤이 흘러가고 있었다. 마음이 조급했지만 조급한 만큼 상황은 나아지지 않았다. 처음과 다름없는 제자리였다. 무너진 돌탑 앞에서 바리공주가 기진하여 잠시 잠에 들었나 싶었다. 탑을 쌓고 있는 비럭공덕할아범의 모습이 희부윰한 달빛 속에 비쳐 보였다. 할아범이 쌓고 있는 탑은 바리공주의 무병을 비는 애기탑이었다. 백 개의 막돌을 날라놓은 비럭공덕할아범이 하루에 한 개씩 돌을 올렸다. 한 개의 돌을 올리기 위해 그날 하루의 바람과 물의 흐름을 읽고 천기를 읽은 후 음의 날에는 양의 돌을 골라 올리고 양의 날에는 음의 돌을 골라 올렸다.

"그래! 돌을 올리기 전에 먼저 읽어야 하는 것이 돌 하나를 빚어낸 하늘의 마음이다. 땅의 마음이다. 그리고 무엇보다 돌의 마음을 읽어내야 해!"

바리공주의 무병을 빌며 돌탑을 쌓고 있는 비럭공덕할아범의 뒷모습을 달빛 속에서 바라보며 바리공주의 눈에 눈물이 맺혔다. 돌탑을 쌓는 일은 오로지 타인을 위한 일이었다. 자신의 구복을 위한 마음이 깃들어서는 돌이 응답해주지 않았다. 밀린 공역을 마치듯 단박에 해치울 수 있는 일도 아니었다. 돌의 마음을 읽어내고 그 마음과 일치하지 못하면 돌은 올리기 무섭게 바람에 무너지곤 했다. 하루 종일 마음을 모은 후 바리공주가 돌 하나를 올렸다. 그 다음 날도, 그 다음 날도, 하룻낮과 하룻밤이 온전히 돌 하나의 마음을 읽는 데 바쳐졌다. 그렇게 백 개의 돌이 하나의 탑신을 이루는 동안 바리공주는 매일같이 비럭공덕할아범을 만나고 비럭공덕할멈을 만나고 오구대왕과 길대부인을 만나고 불나국 마을에서 본 가난한 아이들의 눈동자를 만나고 수미산의 초목들과 산짐승들을 만나고 있었다. 맨꼭대기 돌 하나를 마저 올린 후 완성된 탑 앞에서 바리공주가 혼절한 채 깊은 잠에 들었나 보았다. 백 일 동안 한숨도 자지 못한 터였다. 혼곤한 잠결 어디쯤에서 노인의 목소리가 들려왔다.

머리꼭지에 피도 안 마른 애숭인 줄 알았더니, 흠, 탑 하나 속에 백 개의 탑이 제대로 들어가 앉으셨구면!

그러더니 노인이 손가락을 들어 어딘가를 가리켰다. 꿈인지 생시인지 분간할 수 없었으나 노인이 가리키는 손가락 끝을 좇아 하염없이 걷는 길이었다. 밭 가는 아낙과 농부들을 만나 삼 백 마지기 밭을 갈아주고, 염주 열매를 거두는 염주밭에 들어 삼 백 바구니의 염주 열매를 따주고, 천팔십 개 염주를 만들어달라는 동자승의 청에 어느 산사에 들어 몇 날 며칠 염주알을 꿰매다가 다시금 바리공주가 혼곤한 잠에 빠져든 때였다.

대체 네가 누구이기에 천궁을 범하느냐.

소인은 불나국 오구대왕의 일곱째 대군이온데 아버님의 목숨을 구할 약수를 구하러 가는 길이옵니다. 아직 갈 길이 먼 듯하니 길을 인도하여 주옵소서.

내가 불나국의 일곱째 공주란 얘기는 들었어도 일곱째 대군이란 말은 듣지 못하였거늘 네가 나를 속이려 드는구나. 그래도 네가 용타, 육로 육만 리 길을 왔으니 이제 지옥 길과 약수弱水를 건너야 할 삼만 리가 남았는데 그래도 가려느냐.

가다가 죽어 돌아오지 못한다 하더라도 가겠나이다.

지성이면 감천이라 했으니 내 길을 인도할 것이다. 이 금주령과 낭화 세 가지를 가지고 가거라.

어디서 처음 맡는 꽃향기가 나는 듯했다. 꿈속의 선인은 은발의 신선 같기도 하고 머리에 흰 비단 화관을 쓴 보살 같기도 했다. 남성인 것 같으면서도 여성의 목소리였고 엄격하면서도 부드러운 물처럼 출렁이는 목소리였다. 바리공주가 눈을 떴을 때엔 동쪽 하늘이 희부윰하게 밝아오고 있었고 벗어놓은 무쇠 패랭이 옆에 향기 그윽한 분홍빛 낭화 세 가지와 금주령이 놓여있었다.

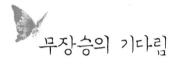

무장승의 기다림

"온다는 사람이 오늘 오기는 오는 것인가?"

동이 트자마자 약수弱水 바닷가에 나와 서성거리던 무장승이 중얼거렸다.

약수는 날짐승의 깃털조차 가라앉는 바다였다. 깃털 하나 떠올 수 없는 곳인데 사람이 건너온다는 것은 불가능한 일이었다.

"약수 저 건너편은 팔만사천 지옥인데, 팔만사천 지옥을 어느 인간이라 건너올 수 있단 말인가."

키가 구 척이나 되는 무장승의 거대한 그림자가 약수 변에 어른거리는 동안 새들도 숨을 죽인 채 날거나 울지 않았다. 무장승이 약수 바닷가에서 가슴을 쾅쾅 두드리자 발밑이 쿠웅쿠웅 울리며 천지가 진동했다. 계속 수평선을 주시하던 그가 안타까운 듯 한쪽 발을 쿵, 구르자 서편 하늘을 빼곡하게 덮으며 검은 독수리 떼와 황금빛 박쥐 떼가 몰려와 명령을 기다리듯 그의 머리 위에서 맴돌았다.

"휘이, 돌아들 가! 오늘 내 심사가 잠시 어지러운 것뿐이다."

무장승의 말에 독수리 떼와 박쥐 떼가 순식간에 왔던 곳으로 다시 날아갔다. 진정하려는 듯 무장승이 큰 숨을 들이쉬고 내쉬었다. 그럴 때마다 검푸른 물보라를 일으키며 집채만 한 오색 파도가 단숨에 해변으로 밀려왔다가 다시 쓸려 나갔다. 수평선을 바라보며 무장승이 고개를 가로저었다.

괴이하다. 하지만 허튼 꿈을 보여 공연히 심사를 어지럽힐 하늘이 아니지 않은가.

무장승이 다시 약수 변을 서성이며 곰곰 생각에 잠겼다. 오늘 새벽꿈에 분명 하늘의 뜻을 전하는 푸른 옷의 동자가 현몽하여 배필될 이가 오늘쯤 당도하리라 하지 않았던가. 하늘의 법도는 엄했다. 허튼 계시를 함부로 하지 않는다. 무장승은 삼십 년 전 하늘에서 이곳으로 쫓겨 내려올 때를 생각하고는 흠칫 몸을 떨었다. 사소한 실수였으나 하늘의 법도는 무장승의 실수를 용납하지 않았다. 이곳으로 쫓겨 내려와 약수藥水 지키는 일을 명받았을 때 하늘이 약속한 바는 백 년이었다. 백 년을 꼬박 채워야 하거나 삼십 년을 채운 후 인간 세상의 배필을 만나 아들 삼 형제를 얻으면 죄를 탕감하여 승천할 수 있도록 하겠다는 약속도 있었다. 그러나 약수지킴이로 삼십 년을 사는 동안 무장승은 인간 세상의 배필을 만나는 것을 포기한 터였다. 무슨 수로 천인도 괴인도 아닌 인간 세상의 사람이, 더구나 여자의 몸으로 저 지옥을 건너고 약수를 건너 이곳까지 올 수 있단 말인가. 지난 삼십 년 동안 단 한 사람도 이곳에 도착한 사람은 없었다. 그러니 배필을 만나 죄를 탕감 받을 수 있을 가능성에 대해 완전히 포기한 터였는데 오늘 새벽 문득 천인의 현몽이 있었던 것이다.

무장승이 수평선 저편을 바라보다가 털썩 주저앉았다. 거대한 그림자가 주저앉자 갯가에 사는 생물들이 썰물 빠지듯 황급히 달아났다. 무장승이 해변에서 자라는 작디작은 보랏빛 꽃 하나를 들여다보다가 꽃잎 하나를 따서 바닷물에 조심스레 띄워보았다. 가루눈처럼 가벼운 보랏빛 꽃잎이 미세하게 소용돌이를 일으키며 물밑으로 서서히 가라앉았다.

무장승의 깊은 한숨 소리가 약수 변을 괴이한 적막으로 뒤덮고 있었다.

지옥을 건너다

끔찍했다.

칼산지옥 불산지옥 독사지옥 한빙지옥 구렁지옥 배암지옥 물지옥 철정지옥 무간지옥 넘어가니 철성鐵城이 하늘에 닿아있었다. 구름 쉬어 넘고 바람 쉬어 넘는 까마득한 철성 안에서는 곳곳에 죄인 다스리는 소리가 육칠월 악머구리 끓는 소리 같았다. 철성의 굽이 굽이마다 눈알 없는 죄인 팔 없는 죄인 다리 없는 죄인 내장이 몸 밖으로 흘러나온 죄인 목 없는 죄인들이 지나가는 바리공주에게 매달리며 구제해주기를 애원하였다. 그들의 몸이 닿은 곳들이 불에 덴 것처럼 아프고 쓰라렸다.

한 굽이 돌아드니 손에 쇠 손톱이 자라는 사람들이 길고 날카로운 손톱으로 서로 할퀴고 성내며 온몸에 손톱자국을 내고 있었다.

쇠 손톱에 할퀴어진 살점들이 낭자하게 떨어지며 선혈이 그치지 않았다. 살점이 죄다 흩어진 후에는 찬바람이 불어와 껍질과 살이 다시 살아나고 다시 아귀다툼이 시작되곤 하였다. 또 한 굽이에서는 벌겋게 불에 달구어진 쇠창으로 두 죄인이 마주보고 상대방의 입속으로 창을 찔러 넣는 형벌을 행하고 있었다. 마주 선 상대는 서로를 미워하고 시기하며 쇠창을 찔러 넣어 입술과 혀를 태우고 목구멍을 지나 내장을 찔러대며 울부짖고 있었다. 어떤 굽이에서는 뜨거운 쇳물을 입속에 들이붓고 있었고 어떤 굽이에서는 거대한 맷돌 속에 죄인을 갈아 으깨진 뼈와 살이 고름과 피에 섞여 흘러나오고 있었다. 맷돌에서 흘러나온 피고름 흥건한 으깨진 살점들은 살아있을 때와 똑같은 비명을 지르며 쇠확 속에서 쇠공이로 짓찧어지고 있었다.

차마 눈 뜨고 볼 수 없는 아비규환이었다. 간신히 한 굽이를 또 돌아가니 작두날에 목이 잘린 원귀들이 수두룩하였다. 목 없는 이들이 발목에 차고 있는 쇠줄에는 무쇠로 만든 팻말이 걸려있었다. 아비 죽인 귀신, 아기 죽인 귀신, 아내 죽인 귀신, 남편 죽인 귀신들로 그 죄목이 극악하여 바리공주가 서둘러 지나치려는 찰나였다. 메마른 한 손이 바리공주의 바짓가랑이를 부여잡았다. 차갑고 야윈 여인의 손이었다. 평생을 남편에게 얻어맞고 지내던 여인은 어느 날 싸움 끝에 칼을 들고 덤비는 남편을 향해 얼떨결에 마당가의 돌덩이를 집어 던졌다고 했다. 창졸간에 일어난 살인이었다. 남편

이 즉사하지 않았다면 그녀가 먼저 남편의 칼을 맞고 즉사했을지도 모르는 일이었다. 인간 세상의 형법이 중하여 오랜 형살이를 하다가 옥에서 숨졌는데 죽은 후에도 그 죄가 씻기지 않아 남편 죽인 귀신으로 지옥불에 떨어졌노라며 날마다 목이 잘리는 고통을 감당할 수 없으니 차라리 영원히 죽여달라고 바리공주를 향해 애원하였다. 가난을 더 이상 견딜 수 없어 제 아들딸을 데리고 자결한 아비의 영혼도 있었고, 날마다 아버지에게 죽도록 얻어맞다가 결국 아버지를 향해 부엌칼을 휘두른 소년은 바리공주보다도 어린 얼굴이었다. 그들은 모두 혈육을 죽인 귀신으로 지옥불의 시뻘건 작두날 위에서 날마다 목이 떨어지고 있었다.

휘여, 무엇을 죄라 하고 무엇을 죄 아니라 한단 말인가.

바리공주가 여인의 손에 낭화 한 송이를 쥐여주며 구제를 빌었다. 인간살이의 감옥 속에서 평생 감옥을 벗어나지 못한 채 살다가 온 가여운 혼귀들이었다. 불나국을 떠나올 때 보았던 세간의 풍경들이 눈에 선했다. 열다섯 해를 수미산 속에서만 살던 바리공주의 눈에 궁에 들고 나면서 보았던 인간 세상은 불구덩이 지옥이나 다름없었다. 오구대왕의 오랜 병증으로 정사가 엉망이 된 지 오래인 연유도 있었지만 사람살이의 안팎이 곧바로 극락과 지옥의 양면이었다. 도처에 거지들이 들끓고 부자들은 가난한 백성들의 고혈을 죄의식 없이 착취했으며 화적 떼가 난무했다. 집집마다 다투고 미워하고 불신하는 형국이 그대로 철성에 가두면 지옥도가 될 듯했다. 현실이 곧 지옥인 세상을 간신히 견디다가 다시금 하늘의 법도가 정한 죄인이 되어 지옥에 던져진 저 원혼들을 어찌 구할꼬. 바리공주의 눈에 피눈물이 스몄다.

휘여, 불나국 내 아버지도 지옥불의 고통을 면치 못하겠구나. 남아에게 권좌를 전수하여 대통을 잇게 해야 한다는 법도는 대저 어디에서 왔으며 그 관습의 감옥에 갇혀 제 자식을 버린 우매한 영혼은 어찌 구제받을까나. 인간의 제도 자체가 악이라면 그 구렁텅이 속에서 자유로울 수 있는 인간이란 도대체 누구인가. 생로병사가 애초에 고통일지라도 생로병사는 자연의 이치건만, 인간의 제도와 관습이 강제하여 생긴 우매한 마음의 생로병사는 도대체 어찌 치유한단 말인가.

바리공주가 금주령을 흔들며 가여운 혼귀들을 위해 기도하였다. 금주령이 한 번 흔들릴 때마다 그나마 죄 가벼운 혼귀들이 죄값을 탕감받으며 철성 밖으로 떨어져내렸다. 바리공주가 낭화를 던져 철성 밖으로 떨어지는 혼귀들이 무사히 황천강을 건널 수 있기를 기원하였다. 우르릉 소리를 내며 철성이 울고 있었고 사방으로 쏟아진 혼귀들의 비명 소리 속에서 별안간 번개가 내리치더니 바리공주의 무쇠 옷에 불길이 붙었다. 벌겋게 달구어진 무쇠 옷을 벗으려고 발버둥 치던 바리공주가 혼절한 순간이었다.

"지옥의 법도를 거스르는 자, 너의 죄를 알렸다!"

어마어마한 천둥소리와 함께 다시 한 번 번개가 내리치자 바리공주가 의식을 되찾았다. 눈을 뜬 바리공주가 눈앞의 광경을 보고 다시 혼절하려는 순간 차가운 핏물이 확 끼얹어졌다. 바리공주의 눈앞에 믿을 수 없는 형상의 괴인이 있었다. 잘려진 목에서 피가 줄줄 흐르는 수천 개의 사람 머리를 목 위에 얹은 괴인이 번뜩이는 낫과 칼을 든 채 으르렁거리고 있었다. 바리공주는 그가 지옥의 수문장임을 곧 알아챘다.

"대체 네가 누구이기에 염라대왕님이 관할하는 혼귀들을 철성 밖으로 방면한단 말인가. 지옥의 질서를 어긴 자는 능지처참하여 삼만 점의 살점으로 육신과 혼을 찢어발긴 후 삼만 년간 불지옥 속에서 끝없는 고통을 당하리라."

쩌렁쩌렁한 말이 떨어지자마자 바리공주의 두 팔과 두 다리와 목에 쇠사슬이 철컥, 철컥, 채워졌다. 이제 쇠사슬이 당겨지기만 하면 산산이 찢겨질 육신이었다. 혼절할 것만 같았으나 간신히 정신을 차리고 바리공주가 외쳤다.

"내가 누구인지 정녕 모른단 말이오?"

피비린내를 풍기며 수문장이 다가와 물었다.

"네가 누구냐?"

"지옥을 관장하시는 염라대왕께서 수년째 풀지 못한 골칫거리가 있다 하여 그것을 해결해 드리러 온 불나국 바리공주라 하오."

수문장이 고개를 갸웃하자 목 위에 얹은 수천 개의 머리에서 일제히 피가 한쪽으로 쏠리며 움푹하게 피바다가 생겼다. 역한 피 냄새를 맡으며 바리공주가 재차 재촉했다.

"염라대왕께서 나를 기다리고 계실 것이니 어서 전갈을 보내시오."

갸웃하던 수문장이 바리공주의 당당한 품새에 주춤하더니 염라대왕에게 전령을 보냈다. 숨을 한 번 들이쉬었다가 내쉬기도 전에 염라대왕의 전갈을 가지고 사자가 도착했다. 수문장이 바삐 바리공주의 몸에 감긴 쇠사슬을 풀고 말했다.

"염라대왕님의 골칫거리인 오만이를 삼 일 안에 잡아 온다면 네 죄를 용서하겠다. 딱 삼 일이다. 조금이라도 지체한다면 바로 능지처참할 것이니!"

천둥소리와 함께 번개가 내리치고 바리공주가 혼절했다가 깨자 눈앞에 인간 세상의 풍경이 펼쳐졌다. 고개를 돌리자 바리공주 옆에는 지옥의 사자들이 열 명이나 따라붙어 있었다. 생각나는 대로 급히 꾀를 내어 위기를 모면하기는 하였으나 과제를 풀지 못한다면 지옥불에 능지처참되긴 마찬가지인 상황이었다.

"간악한 자 오만이를 어서 잡아들이시오."

바리공주의 오른편에 바싹 붙어있는 저승사자가 재촉했다.

"너무 서둘지 마오. 나는 바리공주요. 그대는 설마 나를 모르오?"

바리공주가 배포 크게 농을 던지며 사자에게 말을 붙이자 사자의 얼굴이 시뻘개졌다.

"그, 그, 그럴 리가 있나. 저승사자가 모르는 인간은 없소! 드, 들어봤소. 바, 바리, 바리데기. 죽, 죽었다 살아난 여자사람."

바리공주가 크게 웃음을 터뜨렸다. 서천서역국으로 떠나와 온갖 역경을 겪은 이래 처음으로 웃게 된 것이 지옥의 사자들과 함께라니! 이런 상황이 기묘하고 왠지 통쾌해서 바리공주가 허리를 꺾으며 깔깔거렸다.

과연 이 자는 죽음을 두려워하지 않는구나. 지옥을 보고도 끄덕없는 자, 염라대왕님의 골칫거리를 해결하겠다는 자, 이런 인간은 정녕 처음이다!

저승사자 중 우두머리가 속으로 헤아렸고 모두가 같은 생각으로 고개를 끄덕이며 화통하게 웃는 바리공주를 바라보았다.

"그런데 오만이 그 자는 대체 무슨 죄를 그리도 많이 지었단 말이오?"

완전히 기가 죽은 저승사자에게 바리공주가 슬그머니 질문을 던졌다. 저승사자가 의로운 기운을 얼굴 가득 뿜으며 줄줄 꿰었다.

"사특한 탐심을 발하여 그 자가 일으킨 전쟁이 오만 년 동안 오천 번이오. 그 자가 일으킨 전쟁으로 죄 없이 죽어간 인간들의 시체로

화염산 십만 개를 쌓고도 남소. 또한 그 자가 자신의 금고를 채우기 위해 매질을 하며 일을 부려먹다 죽어간 인간들이 너무 많아 황천 강에 넋배를 띄울 수 없을 때도 있소. 그 자의 목숨줄은 애초에 끝 났소만 그동안 일으킨 전쟁과 노역으로 죽은 인간들의 목숨에 빌붙 어 생명을 연장하고 있소. 탐심에 차올라 자기가 죽인 인간들의 목 숨을 빨아먹으며 오만 년이나 살고 있는 극악무도한 놈! 그놈을 잡 기 위해 그간 수많은 저승사자들이 파견되었지만 결국 잡지 못했 소. 저승의 질서가 그 자 때문에 부끄럽고 괴이하니 통탄할 일이오. 제발 그 자를 어서 잡아들여 주시오."

저승사자의 이야기로 사태를 파악한 바리공주의 마음에도 분기 가 생겼다. 그런 자라면 당장 목숨을 거둬들여야 하지 않겠는가. 하 지만 대체 어디에서 그 자를 찾는단 말인가. 일단 찾아야 지옥으로 데리고 가건 말건 할 것 아닌가. 마음이 급했지만 바리공주는 침착 하게 계획을 세웠다.

먼저 저승사자들을 이끌고 바리공주가 일대에서 가장 번화한 시 장을 찾아가 숯전의 숯을 모두 샀다. 무쇠 옷을 입은 도령이 숯전에 쌓여있던 숯을 한 번에 모두 샀다는 소문이 반나절도 안 되어 파다 하게 퍼졌다. 그 다음엔 저승사자들의 도움을 받아 도시 한복판에 있는 커다란 우물가로 숯 가마니를 모두 옮긴 후 빨래터에 자리를 잡았다. 무쇠 옷을 척척 걷어 올린 바리공주가 열두 가마니에서 숯들을 꺼내 차례차례 물에 씻기 시작했다. 하루가 지나고 이틀이 지나는 동안 산더미 같은 숯을 물에 씻고 있는 무쇠 옷 입은 도령 이야기가 장안에 파다하게 퍼져 나갔다. 그러기를 사흘째였다. 황금 옷에 황금 지팡이를 짚고 황금 마차에 탄 채 지나가던 두꺼비처럼 생긴 노인이 황금 신을 신고 마차에서 내리더니 뒷짐을 진 채 거드름을 피우면서 말했다.

"애야. 숯을 씻고 있는 이유가 무엇이냐? 그게 돈이 되는 일이냐?"

바리공주가 노인을 힐긋 본 후 대답했다.

"숯을 씻어 희게 빨아 오면 천금을 준다는 일만 년 산 갑부가 계시지요."

황금 옷을 입은 노인이 코웃음을 쳤다.

"흥, 고작 일만 년 산 갑부 따위가 멍청한 거래를 하자고 한 모양이군. 내 오만 년이나 살면서 별별 꼴을 다 봤다만, 숯이 검다고 빠는 멍청이는 또 처음 보는구나. 저런 놈은 잡아다가 말발굽 편자 만드는 대장간에 팔아넘기면 딱이겠군. 얘들아, 저 등신 놈을 포박해 시장에 내다 팔거라!"

노인의 명령에 여러 명의 군사들이 달려들어 바리공주를 포박하려는 찰나, 저승사자들이 달려들어 황금 마차의 노인을 호리병 속에 집어넣어 버렸다.

"에라이, 퉤! 욕심 많은 더러운 영혼이라 무겁기가 이루 말할 수 없군. 지옥 전체의 무게와 맞먹고도 남겠구나."

오만이의 영혼에서 시체 썩는 냄새가 코를 찔러 저승사자들이 코를 막은 채 호리병을 지옥으로 옮겨 갔다. 바리공주가 위풍당당한 걸음으로 그 곁을 따라갔다.

"염라대왕님의 골칫거리를 이제사 잡았구나. 바리공주여, 감사하오! 지옥의 혼귀들을 마음대로 방면한 그대의 죄를 탕감하도록 하겠소. 어서 가오."

그때 바리공주가 수문장에게 한 가지 제안을 하였다.

"오만 년 동안이나 염라대왕님의 속을 썩인 자를 잡아들인 대가치곤 좀 섭섭하지 아니합니까?"

"그렇다면 또 무엇을?"

"내가 지옥을 둘러보니 지옥불 죄인 가운데는 좋은 말씀과 마음으로 보살피면 선한 영혼으로 거듭날 혼귀들이 꽤 있더이다. 형벌로만 다스린다고 죄가 씻기지는 않을 것이오. 불쌍한 혼귀들을 내식대로 한번 구제해보고 싶소. 염라대왕님의 허락을 받아주오."

수문장이 곰곰 따져보니, 필요하긴 하나 아무도 할 생각을 못하던 지옥 일을 이 자가 자처하고 있지 않은가. 그 길로 염라대왕께 전령을 보내 여쭈었더니 흔쾌한 수락의 답변이 돌아왔다.

"삶과 죽음을 관장하는 것은 목숨의 가장 중대한 일이니 공명정

대한 염라대왕께선 길이 광명하소서."

큰 절을 한 후 바리공주가 철성의 문 앞에 서자 쿠르릉, 소리와 함께 수문장의 번개가 내려치며 철성의 문이 활짝 열렸다. 바리공주가 정신을 차리니 망망하게 펼쳐진 약수弱水 앞이었다. 어디선가 금주령이 흔들리는 소리가 나더니 바리공주가 구제한 원혼들이 씻김을 받고는 바람을 타고 나타났다. 허공중에 흩어지는 방울 소리를 엮어 오색 주단을 짜더니 공주를 태우고 약수를 건넌 후 삼배를 하고 물러갔다.

바리공주가 합장으로 답례하고 돌아섰다. 팔만사천 지옥을 지나고 약수를 건너오긴 했으나 바라보이는 것은 다시 허허벌판이었다. 먼 곳에 얼핏 산 그림자가 보이는 듯도 하였으나 어두워질 무렵이라 분간할 수가 없었다. 지옥을 건너오면서 눈물을 속으로 삼킨 얼굴에 드리워진 그늘이 수척하게 깊었다. 그간 무쇠 옷은 옷소매며 앞섶이 많이 닳아있었다. 손등이며 손가락 끝이 죄다 갈라터지고 얼굴의 살결도 거칠게 터서 외형은 남루하기 짝이 없었으나, 바리공주의 얼굴에선 단단하고 투명한 빛이 그윽하게 배어 나오고 있었다. 강하고 고독한 바리의 눈빛은 첫새벽 이슬을 그대로 얼려놓은 듯한 영롱함으로 가득했다. 목표를 향해 두려움 없이 나아가자 매 순간 자기 자신과 맨얼굴로 만나온 자만이 가질 수 있는 당당하고 환한 빛이 바리로부터 뿜어져 나왔다. 서천서역국으로 출발할 때와는 비교할 수 없이 아름답고 강인한 얼굴로 바리가 검은 하늘을 올려다보았다.

자, 지옥을 건너고 약수를 건너왔다. 이제 어떤 고난이 나를 기다리고 있을 것인가.

생명수를 구할 수 있는 시간이 점차 다가오고 있음을 직관적으로 느끼면서 바리가 한 걸음 한 걸음 검은 산 그림자 쪽을 향해 걸었다.

만남

　바리공주가 약수 변에 닿아 휘청휘청 걸어오는 것을 무장승이 멀리서 지켜보고 있었다. 바리공주가 처음 약수 변에 닿았을 때 여윈 듯한 몸피가 매촐하고 작아서 여자인 줄 알았으나 차려입은 행색이 남복이었다. 휘청거리며 걷는 바리공주가 가까이 이를수록 무장승은 조금씩 뒤로 물러서며 거동을 살폈다. 긴 머리채를 하나로 질끈 묶어 두건을 맨 양이나 무쇠 두루마기를 입고 무쇠 지팡이를 짚고 성큼거리며 걷는 양이 분명 사내였다.

　하루 종일 배필을 기다려 맞게 된 손이 저 사내란 말인가.

　사내라 해도 지옥을 건너고 약수를 건너 이곳까지 닿은 사내라면 곡절 깊은 이가 틀림없을 것이니 벗해도 좋긴 하겠지만 무장승은 서운한 마음이 영 가시지 않았다. 하루 종일 약수 변에서 서성이다

지친 심사에 은근한 짜증이 묻어나기도 했다. 모른 척할까. 잠시 망설였으나 사내의 피로하기 짝이 없는 걸음걸이가 바람 불면 훅 꺼질 홑겹 지등 같아서 그럴 수도 없었다.

"그대는 사람인가 귀신인가? 팔만사천 지옥을 어찌 건너왔으며 바람도 쉬어넘고 구름도 쉬어넘고 산진이 수진이 해동청 보라매도 쉬어넘는 철성을 어찌 넘어왔는가? 기러기 깃털도 가라앉는 약수는 또 어찌 건너왔는가?"

바리공주는 눈앞에 불쑥 나타난 사내의 돌연한 질문에 깜짝 놀랐으나 뜻밖의 인적을 만난 기쁨에 하마터면 사내를 얼싸안을 뻔했다. 자세히 보니 끽실하게 큰 키에 훤칠하게 생긴 젊은이였다. 등잔 같은 두 눈이 해거름 녘 어둠 속에서 형형했다.

"나는 사람 살리는 물과 꽃을 구하러 가오. 죽은 이도 살린다는 무장승의 약수를 어디 가면 구할 수 있는지 가르쳐 주시겠습니까?"

무장승이 가만히 바리공주의 얼굴을 들여다보더니 가지런한 잇속을 보이며 갑자기 하하하 웃었다.

"그대가 찾으러 가는 약수를 지키는 이, 내가 바로 그 무장승이오."

뜻밖이었다. 서천서역에 들어 온갖 고초를 겪어오면서 바리공주는 무장승이 반인반수 정도 되는 기괴한 괴물은 아닐지라도 청태산 마고할미나 성질 괴팍한 탑 쌓는 노인네처럼 보통 사람은 아닐 거라고 막연히 추측하고 있던 참이었다. 마음이 놓여 갑자기 웃음이 배어 나오려는 찰나였다.

해거름 어둠 속이 순식간에 날개 퍼덕이는 소리로 가득해지더니 바리공주의 시야가 검은 장막을 친 것처럼 돌연 컴컴해졌다. 갑자기 둥글고 좁은 통로에 갇힌 채 몸을 옴짝달싹할 수가 없었다. 숨이 막혀왔다. 헤아릴 수 없이 많은 독수리들과 박쥐들이 날카롭게 우짖으며 날개를 퍼덕이면서 까마득한 공중까지 원기둥을 쌓아 올린 채였다. 바리공주는 독수리와 박쥐들의 몸으로 만들어진 둥글고 좁은 원기둥 안에 완전히 갇혀버린 꼴이었다. 수천 마리 새들이 날개를 퍼덕이며 바리를 노려보았고, 원기둥 높은 쪽에 있던 거대한 독수리가 바리공주의 두 눈을 쪼려고 급강하하는 순간이었다.

"내 손님이다. 돌아가!"

굵직한 무장승의 목소리와 함께 순식간에 새들의 장벽이 사라졌다. 심장이 쥐여졌다 놓여나듯 바리가 털썩 바닥에 주저앉았다. 수천마리 새들이 자신을 가두고 일제히 노려보는 사태는 지옥만큼이나 섬뜩하다고 생각하며 바리가 고개를 절레절레 흔들었다.

"괜찮소?"

다시 무장승의 목소리가 들리며 거대한 그림자가 눈앞에서 어른거리더니 구 척 거구의 사내가 한쪽 무릎을 꿇은 채 바리에게 손을 내밀어왔다. 바리가 얼떨결에 그 손을 잡으며 일어났다.

"물값을 받아야 할 터이지만 물값 받는 법도는 내 소관만은 아니니 천천히 생각하도록 합시다. 험한 길 건너온 길손이니 오늘은 푹 쉬고 내일 아침 계곡 폭포수에서 목욕재계한 후 약수탕에 올라가 신목에게 고해야 할 것이오. 별 탈이 없다면야 약물 지어 가는 것을 내 허락하리다."

놀라 맥이 풀린 것도 잠시, 약수를 지키는 무장승이 선선히 약물 지어 가는 것을 허락한 터라 바리공주는 무쇠 지팡이와 무쇠 옷의 무게도 잊은 채 날아갈 듯 발걸음이 가벼웠다. 긴긴 시험을 통과해야 할 것이라 각오했던 바와는 사뭇 다른 뜻밖의 낭보였다. 달이 차오르고 있었고 걸으면서 얼핏 곁눈질한 무장승의 옆얼굴이 달빛 속에 시원했다.

한 시오 리쯤 걸었나 싶었다. 평지에 돌연 웅숭깊은 산그늘이 잡히더니 산그늘 아래에 너와로 지붕을 이은 아담한 집 한 채가 보였다. 단출하지만 기품 있는 지붕이었다. 어느새 미끄러지듯 따라온 달이 너와지붕 위에 박덩이처럼 올라앉아 있었다.

아, 보름에 가까운 달님이구나.

길고 긴 여정의 말미에 이르렀다는 생각이 들자 바리공주는 문득 초적이 그리웠다. 수미산 깊은 골짝에서 달이 가는 길을 좇아 초적을 불던 밤들이 사무쳐왔다. 갑자기 눈시울이 따뜻해지면서 온몸에 피로가 몰려왔다.

"저녁 요기를 준비할 테니 무쇠 신일랑 벗고 잠시 쉬고 계시구려."

무장승이 바리공주를 방으로 안내해놓고 저녁을 지으러 부엌으로 나갔다. 하루 종일 배필을 기다리며 약수 변을 서성이다가 한달음에 달려와 군불을 지펴놓고 다시 달려 나가곤 한지라 방바닥은 숯가마에서 막 불을 빼고 난 다음처럼 적당하게 뜨끈했다. 따스한 구들에 발을 딛자마자 허물어지듯 스르르 벽에 기대고 앉아 바리공주는 곧장 잠에 빠져들었다. 무릎을 곧추세우고 양팔로 무릎을 감싸 안고는 왼쪽 머리를 무릎에 기댄 채였다.

바리공주가 어머니의 손을 잡고 배꽃 떨어지는 나무 밑에서 꽃비를 맞고 있었다. 어머니가 바리공주의 머리에 떨어진 꽃잎을 털어주며 가끔씩 미소 지었고 다음 순간 바리공주는 어머니의 가슴에 안겨 젖을 빨고 있었다. 달큰하고 비린 젖 내음이 입속 가득 퍼지면서 바리공주의 몸이 점점 더 작아지는가 싶더니 어머니의 몸속으로 한없이 걸어 들어갔다. 아, 물속은 따뜻하구나. 어머니의 몸속은 뜻밖에도 따스한 물속이어서 바리공주는 무릎을 모으고 어깨를 곱송거리고 앉아 한없이 출렁이고 있었다. 따뜻한 물속에서 꽃잎들이 분분히 피어났다. 따뜻하고 습윤한 허공이었다. 나뭇가지처럼 길게 연결된 탯줄을 타고 어머니의 심장박동 소리가 규칙적으로 들려왔다. 그러더니 갑자기 규칙적인 심장박동 소리가 얼크러지면서 어머니의 울음소리가 천둥처럼 들려왔다. 가여운 어머니…… 바리공주의 눈가에 눈물방울이 맺혔다.

기이하구나. 행색은 분명 사내인데 내 마음이 왜 이토록 일렁이는가.

밥상을 차려 들고 들어온 무장승이 벽에 기대어 잠든 바리공주를 바라보며 가만히 주저앉았다. 눈물방울이 서너 점 맺혀있는 긴 속눈썹이 파르르 떨리는가 했다. 긴 여정에 지친 얼굴은 잿빛으로 얼룩져있었고 검은 머리채를 감싼 두건은 땀과 모래바람으로 인해 갈빛으로 변해있었다. 두 손은 갈라터지고 오랜만에 무쇠 신을 벗은 듯한 발이 해진 버선 사이로 메마른 돌조각처럼 비쳐 보였다. 입술은 여러 번 갈라터져 아랫입술 중앙에 선명한 세로 줄이 붉은 핏물을 머금은 채 말라있었다.

이상도 하다…….

무장승이 메마르고 갈라터진 바리공주의 입술에 가만히 손을 갖다 대다가 움찔 멈추었다.

무장승이 고개를 세차게 가로저었다. 오래도록 사람 구경을 하지 못한 터라 외로움이 사무친 모양이라 생각하며 무장승이 손을 거두는 순간, 바리공주가 문득 눈을 떴다. 피로하기 짝이 없는 행색에 비해 총기 가득한 빛나는 눈이었다.

"어, 어, 저기, 저녁밥 좀 드시구려."

　무장승이 얼굴을 붉히며 다급히 밥상을 밀어주었다. 바리공주가 가만히 무장승을 바라보다가 고개 숙여 합장하며 밥상을 받았다. 찬이라고는 산나물 몇 가지가 전부였지만 정갈하고 따스한 밥상이었다. 바리공주가 한 고봉 가득 담긴 밥을 맛나게 먹고 있는 동안 무장승은 방 한 녘에 기대어놓은 공후를 매만지고 있었다. 천상에서 이곳으로 유배 와 제일 처음 만진 악기가 공후였다. 천상에서 악기를 타던 습성이 고스란히 지상까지 내려온 터였다. 좋은 나무를 골라 깎아서 직접 틀을 만들어 짜고 일일이 현을 엮어 만든 소공후였다. 밥을 먹으면서 무장승이 공후의 현을 만지작거리는 것을 가만 지켜보던 바리공주가 문득 물었다.

"공후를 타십니까?"

무장승이 쑥스러운 웃음을 지으면서 고개를 끄덕였다. 등잔 같은 눈매가 가늘게 휘어지며 아득해졌다. 약수 변에 갑자기 나타난 무장승이 처음으로 지어 보였던 시원한 웃음을 떠올리며 바리공주의 가슴이 저도 모르게 일렁거리며 환해졌다. 이상한 일이었다. 수미산에서 비럭공덕할멈과 할아범만을 보며 인적 없이 자란 바리공주가 첫 대면한 젊은 사내였건만 바리공주는 무장승이 불편하지 않았다. 아주 오래 전부터 알고 지낸 지기처럼 편안한 마음이었다. 무장승에게서 느껴지는 외로움의 그늘 같은 것 때문이었을까. 바리공주는 난생 처음으로 자신이 몹시도 외로웠다는 느낌이 들어 공연히 울적한 심사가 들었다.

"이제 좀 누워야겠소. 곤할 테니 단잠 주무시오."

무장승이 자리를 펴고는 윗저고리를 벗어 횃대에 걸었다. 바리공주에게도 무쇠 두루마기를 벗고 편히 자라고 권했으나 바리공주는 조용히 사양했다.

"객처에서 옷은 벗고 자지 않습니다."

바리공주가 대답했고 무장승은 머쓱한 심사에 공연히 큰 동작을 만들며 자리에 벌렁 누웠다. 곧 무장승의 규칙적인 숨소리가 들려왔다.

바리공주도 반듯하게 누웠으나 저녁 식사 전에 잠깐 들었던 단잠 때문인지 쉬이 잠이 들지 않았다. 살그머니 일어나 방문을 열고 마당에 나가보았다. 산에서 불어오는 바람이 시원하게 등줄기를 훑고 지나갔다. 달은 한층 높아져있었고 은하수가 길고 아름다운 꼬리를 만들며 흘러갔다. 은하의 물이 발등에 닿는지 어디서 솔부엉이 우는 소리가 들렸고 마당가로 희디흰 배꽃잎이 떨어져 쌓이고 있었다.

휘여, 아프구나

　신새벽이었다. 자리에 누운 바리공주가 쉬이 잠들지 못하고 뒤척이다가 간신히 고른 숨을 내쉬기 시작했을 때 무장승은 노루잠에 들었다가 막 깨어난 길이었다. 바리공주의 숨소리가 고르게 들려오고 있었다. 잠깐 든 잠결에 뒤척인 탓인지 두 사람의 발끝이 닿아있었다. 발끝으로 사람의 온기가 전해져오며 무장승의 눈앞이 아찔해졌다.

　평화롭게 오르락내리락 하는 바리공주의 가슴팍을 바라보며 무장승은 자신의 바로 곁에서 누군가 숨을 쉬고 있다는 것이 말할 수 없이 벅차고 먹먹한 느낌이 들었다. 기도하는 것처럼 손깍지를 낀 두 손을 배 위에 올리고 반듯하게 누워 자는 바리공주를 무장승이 턱을 괸 채 가만히 바라보았다. 방문으로 비쳐 들어오는 여명이 바리공주의 이마께에서 얼음 위를 미끄러져 가는 달빛처럼 부서지고 있었다. 반듯하고 고집스러워 보이는 이마였다. 미간을 따라 내려온 반듯한 콧날 아래 인중을 지나는 선이 깊고 단정했다.

무장승이 바리공주 가까이로 가 가슴 위에 조심스럽게 귀를 대보았다. 자신이 아닌 누군가의 숨소리……심장 소리……그런 것이 그리웠던 것일까. 바리공주의 가슴팍 가까이에 귀를 댄 채 가만히 숨소리를 듣고 있는 무장승의 얼굴이 평화롭고 환했다. 무장승이 이불을 끌어당겨 바리공주에게 덮어주려는 찰나였다.

갑자기 지붕에서 우당탕탕 소리가 들리더니 순식간에 방 안 가득히 박쥐 떼가 소용돌이치듯 밀려 들어왔다. 어마어마한 속도로 들이닥친 박쥐 떼가 귀가 찢어질 듯한 소리로 한꺼번에 울어젖히며 무장승과 바리공주를 휩싼 순간이었다. 잠에서 깬 바리공주가 바로 눈앞의 무장승을 보고 화들짝 놀랐다. 그와 동시에 시커먼 소용돌이를 만들며 수십 마리의 박쥐들이 바리공주를 향해 일제히 덤벼들기 시작했다.

"물러가! 내 손님이라니깐!"

손을 휘저어 박쥐들을 막으며 무장승이 소리쳤으나 약수 변에서와는 달리 박쥐 떼는 더욱 요동쳤다. 눈알이 모두 붉게 변한 박쥐 떼가 찌잇찌이잇 그악스럽게 울며 바리공주를 할퀴고 물면서 집요하게 달려들었다. 무장승이 박쥐들을 떨쳐내며 다급히 바리공주를 품에 안았다. 그리고 입속으로 재빨리 주문을 외우기 시작했다. 긴 숨을 두어 번 쉴 시간이 지나갔다. 주문이 끝나자 한바탕 전쟁을 치른 듯한 박쥐 떼들의 눈빛이 검게 변하며 썰물처럼 방 안을 빠져나갔다. 거짓말처럼 사위가 조용해졌다. 무장승의 품 안에서 가쁜 숨을 쉬던 바리공주가 이윽고 얼굴을 들었다. 뺨과 이마에 생채기가 생겨 핏물이 배어나고 있었다. 바리공주를 꼭 안고 있던 두 팔을 그제야 풀며 무장승이 말할 수 없이 복잡한 표정을 지었고, 바리공주 역시 마찬가지 표정이었다. 뺨의 핏물을 닦아주려는 무장승의 손을 제지한 후 옷매무새를 고치고 거리를 두고 앉은 바리공주가 카랑카랑한 목소리로 방 안의 정적을 깨뜨렸다.

"짐작하신 바대로 나는 사내가 아닙니다. 불나국 오구대왕의 막내딸 바리공주라 하오. 아버님이 병중이라 약수와 사람 살리는 꽃을 구하러 왔소이다. 위로 언니들이 여섯 있으나 모두 출가하여 가정을 이루고 사는지라 먼 길을 올 수 없어 내가 대신 온 것이오. 그대는 약수를 지키는 하늘의 소임을 받은 이라고 하셨소. 약수를 지킨다는 것이 약수를 구하기 위해 먼 길을 온 사람을 함부로 희롱해도 된다는 뜻은 아니겠지요. 물값을 드려야 한다면 어떤 노역을 해서라도 물값을 드릴 것이니, 속히 생명수를 구할 수 있도록 도와주십시오."

한 마디 한 마디 새긴 듯이 뱉는 바리공주의 목소리는 단호했다.

갑작스레 일어난 모든 일들에 대해 무장승 스스로도 어찌할 바를 모르다가 공후를 들고 무작정 문밖으로 나온 참이었다.

여인이다, 하늘이 맺어주겠다고 약속한 여인이지 않은가.

마당가를 서성이던 무장승이 산배나무 아래 앉아 망연히 하늘을 쳐다보다가 공후를 타기 시작했다. 머뭇거리는 손가락이 현 하나하나에 오래도록 얹혀서 현의 마음을 읽다가 마침내 선율을 이끌기 시작했다. 희디흰 배꽃이 공후의 현 위로 간혹 떨어져 내렸고 공후 소리가 새벽 계곡 속으로 물방울처럼 굴러 스며들고 있었다.

바리공주는 오두마니 방 안에 앉아 무장승의 공후 소리를 듣고 있었다.

휘여, 외로운 소리구나.

무장승의 공후 소리는 바리공주가 수미산 흰 눈 쌓인 만년설을 바라보며 불던 초적 소리를 닮아있었다. 기골이 장대한 사내가 크고 두터운 손으로 타고 있는 공후 소리의 연약하고 섬세한 떨림이 바리공주의 가슴을 쓸어내렸다. 무장승의 품의 느낌이 온몸에 고스란히 남아있는 듯해 알 수 없이 가슴이 두근거렸다.

천상에서 유배당해 지상에 내려와 삼십 년을 산 사내라 했다. 바리공주가 저녁밥을 먹는 사이, 무장승은 하루 종일 하늘이 점지한 배필을 기다렸노라고 말했었다. 터무니없는 일! 약수를 구해 돌아가기 위해 이 머나먼 서천서역국을 헤매지 않았던가. 끔찍한 지옥을 건너오지 않았던가. 속히 돌아가야 한다, 배필이라니!

바리공주가 세차게 고개를 가로저으며 두 손을 깍지 끼고 앉았다. 약수 변에서 무장승을 처음 보았을 때 일렁이던 느낌이 다시금 살아났다. 내가 바로 무장승이오, 라고 말하며 시원하게 웃던 사내의 잇속이 석류 알처럼 가지런하고 청량했다. 마음을 일렁이게 하는가 싶으면 편안하게 하고 편안하게 하는가 싶으면 일렁이게 하는 사내. 바리공주는 이 느낌이 당혹스러웠다. 초경을 치르는 나이가 되기까지 단 한 번도 젊은 사내를 가까이에서 본 적 없는 바리공주에게 이 느낌은 설산의 침엽수림이 매달고 있는 얼음꽃들을 입안 가득 털어 넣었을 때의 홧홧함을 일깨웠다. 입속이 온통 얼얼하게 화주를 마신 듯 뜨거워지는, 얼음꽃을 먹고 취하던 그 일렁거리는 통증과 흡사했다.

휘여, 아프구나. 이런 느낌을 세간에서는 무엇이라 이름한단 말인가.

아무도 바리공주에게 남녀 간의 사랑을 말해준 적이 없었다. 마음의 일렁임이 고스란히 몸으로 전해오는 이 두근거림에 대해 바리공주는 설명할 수 있는 방법을 알지 못했다.

방문을 바라보며 오두마니 앉아있길 오랜 시간이 흘렀다. 동 틀 무렵의 미세한 어둠이 조금씩 걷히고 아침 햇살의 잇꽃빛 속살이 종이를 덧대어 바른 방문에 물결처럼 스미고 있었다. 뚫어져라 방문을 바라보고 있던 바리공주가 문득 눈을 감았다. 눈 속으로 가득 잇꽃잎들이 어룽지며 들어왔다.

바리공주의 눈가에 이슬이 맺히는가 했다. 눈가에 맺혔던 이슬이 볼을 타고 가볍게 흘러내렸다.

바리공주가 감았던 눈을 떴다. 잇꽃 붉은 속살빛이 풀어져 살강살강한 아침 햇빛이 방문에 찬란했다. 잠시 방문을 바라보고 있던 바리공주가 방문을 열었다. 쪽마루 한쪽에 공후가 얌전히 놓여있고 댓돌에 바리공주의 무쇠 신이 마당을 향해 가지런히 놓여있었다. 바리공주가 천천히 무쇠 신을 신고 마당에 내려섰다.

무장승은 부엌 아궁이 앞에 앉아 솔불을 지피고 있었다. 매운 연기 때문인지 두 눈이 붉게 충혈된 채였다.

"약수를 지으려면 목욕재계를 해야 할 것 같습니다. 약수 짓는 절차를 알려주오."

무장승이 바리공주를 한동안 바라보다가 고개를 돌리더니 잔솔가지를 아궁이에 다북하게 밀어 넣으면서 일어섰다.

"계곡에 여러 단 폭포수가 흐르는 소가 있소이다. 그곳에서 일단 목욕재계를 해야 할 것이오. 말씀드렸듯이 약수를 짓기 위해 치러야 하는 물값은 온전한 내 소관만은 아니오. 나는 약수를 지키는 일을 명받았을 뿐 약수는 하늘이 내는 것이니 그대와 내가 다 같이 공을 들여야 한다오."

마당가로 나온 무장승이 쪽마루에 놓인 공후를 방문 안으로 밀어 넣고는 마당가 산배나무 가지에 걸어놓은 깨끗한 흰 저고리를 집어 들었다.

　"갑시다."

부디 깨끗한 물길을 보여주소서

    산에 접어들자 계곡물 소리가 낭자하였다. 물이 많은 산이었다. 계곡을 따라 한참을 올라가니 아득한 하늘에 닿아있는 듯 하늘 저편에서 보얗게 물방울들이 흩어져 내려오는 폭포수가 보였다. 폭포는 상탕, 중탕, 하탕, 세 개의 소를 이루면서 하늘에서 수직으로 풀어헤쳐진 명주실 타래처럼 부드러운 물방울을 흩뜨리며 낙하하고 있었다. 무장승이 상탕까지 바리공주를 데리고 올라와 소를 가리켰다. 검푸른 물살이 용의 눈처럼 깊이 휘말려 안으로 굽이돌고 있었다.

    "소 한가운데로는 들어가지 마오. 이 물에서 세족만 해도 업장을 멸하고 몸이 깨끗해진다는 용소올시다. 한가운데 잘못 발을 디디면 잠자는 용을 깨워 심화를 돋울 수 있으니 조심하오. 나는 이 아래 중탕에서 목욕을 마칠 것이니 그대가 먼저 목욕을 마치면 저기 보이는 물푸레나무 아래서 기다리도록 하오."

무장승이 가리키는 곳에 거대한 물푸레나무가 하늘을 향해 뿌리를 솟구친 형상으로 자라고 있었다. 세 아름은 족히 될 듯한 거목이었다.

"그쪽도 이 폭포에서 목욕을 한단 말입니까?"

바리공주의 느닷없는 질문에 무장승이 예의 시원한 웃음을 지으면서 공주를 바라보았다.

"걱정하지 않아도 됩니다. 차차 알게 되겠지만, 약수 짓는 일을 허락하는 것은 하늘의 뜻이라 약수를 지키는 소임을 받은 나 역시 준비해야 할 마음의 몫이 크다오. 목욕을 마친 후 우리가 당도하게 될 신목의 마음을 움직여야 약수를 얻으러 갈 문이 열린다오. 신목의 마음을 움직이는 것은 약수를 지키는 내 마음의 기원이 참으로 약수를 허락하는 깨끗한 마음이어야 하고 약수를 구하러 온 당신의 마음이 한 치의 흐트러짐 없이 간절히 약수를 원해야 한다오. 내가 원하는 물값이 당신이 치를 수 있는 물값과 같아야 한다는 것이오. 약수는 반드시 물값을 치러야 하는 물이라오. 세간에도 그런 말이 있다지요. 버리려는 옥수수수염도 약에 쓰려고 구할 때에는 엽전 한 닢이라도 치르고 얻어야 약이 된다구요. 서천의 약수도 물값을 치르고 얻어야만 참으로 약이 된다오."

무쇠 두루마기의 고름 위에 포개진 바리공주의 갈라터진 손 위에 시선을 멈춘 채 무장승이 긴 이야기를 마쳤다. 바리공주는 무장승이 천천히 말을 마칠 때까지 그의 얼굴에서 한 시도 눈을 떼지 않았다. 쓸쓸하고 깨끗한 낯빛이었다.

"알겠습니다."

바리공주가 무장승을 향해 미소 지어 보이면서 시원하게 대답했다. 바리공주의 경쾌한 대답에 무장승이 떨구었던 눈을 들어 그녀를 바라보았다. 바리공주와 무장승의 시선이 깨끗한 허공 속에서 부딪히며 허공이 잠시 일렁 하였다. 바리공주가 환하게 웃으면서 목례를 했다. 무장승도 가볍게 목례를 하고는 중탕으로 내려가는 길을 잡아 물푸레나무 둥치를 한 팔로 껴안으며 빙글 돌아 내려갔다.

바리공주는 계곡 아래로 내려가는 무장승의 뒷모습을 한동안 바라보고 서있었다. 무장승이 한 팔로 껴안듯이 비끄러져 내려간 물푸레나무가 하늘을 향해 뻗고 있는 뿌리 중 어느 한 가지가 후르르 떨리는가 싶었다. 나무의 뿌리가 닿아있는 하늘이 시리도록 푸른 물속이었다. 하늘을 향해 고개를 쳐들고 한동안 눈을 감고 있던 바리공주가 천천히 두 팔을 벌렸다. 무쇠 두루마기의 양 깃이 벌어지며 바리공주의 실루엣이 물푸레나무 둥치 속으로 포개질 듯 겹치고 있었다. 여전히 고개를 뒤로 젖히고 두 눈을 감은 바리공주가 천천히 심호흡을 했다.

한울님…… 부디 깨끗한 물길을 보여주소서.

한동안 꼼짝 않고 호흡에 몰두하던 바리공주가 천천히 눈을 뜨더니 소를 향해 걸어 내려갔다. 소 주변의 모래자갈들이 분홍빛으로 빛나고 있었다. 오랜 세월 바람과 물에 깎여진 희디흰 자갈과 모래들이 자신도 모르게 숨기고 있던 몸빛이었다. 희디흰 몸의 더 깊은 내부로부터 한 방울 피가 스며 나와 표면의 흰 살결에 번져있는 듯한 연분홍빛 자갈들을 바라보다가 공주가 천천히 무쇠 두루마기를 벗었다. 무쇠 신을 벗었다. 어머니 길대부인이 울며 여며준 저고리를 벗고 바지를 벗었다. 마침내 완전히 알몸이 된 바리공주가 물가로 천천히 걸어 들어갔다. 뼛속까지 뒤흔드는 차디찬 물이었다. 발끝에서 느껴진 서늘한 물의 결정이 단전을 지나 정수리까지 타고 오르면서 순간순간 홧홧한 뜨거움으로 전신을 훑어 오르는가 싶더니 몸속에서 몇 마리의 흰 새가 한꺼번에 푸드득, 창공으로 날아오르는 듯했다.

무릎까지 물속에 담근 바리공주가 물끄러미 소를 들여다보았다. 푸르디푸른 물속에서 알몸의 자신이 자신을 빤히 바라보고 있었다. 여름 저녁이면 늘 수미산 계곡에서 발가벗고 목욕을 하곤 했지만 자신의 알몸을 들여다본 것은 처음이었다. 두 손으로 물을 움켜 정수리에 부었다. 정수리를 타고 내려오며 귓등과 목을 지나 빗장뼈를 타고 내리던 물이 가슴 끝에 수정처럼 맺혔다. 차디찬 물방울의

감촉이 몸의 구석구석을 깊은 산의 연둣빛처럼 깨우고 있었다. 그렇게 서너 차례 무릎 아래로부터 올라오는 물의 감촉과 정수리로부터 떨어지는 물의 감촉 속에 요요한 적막함으로 서있던 바리공주가 폭포 쪽으로 천천히 걸어갔다. 바리공주가 두건을 풀고 무지갯빛을 뿜어 올리며 낙하하는 폭포수의 푸른 물속에 머리를 담그었다. 용소 한가운데 소용돌이치며 휘돌아가는 물길처럼 검은 머리 타래가 물속에서 풀어져 내렸다.

아아, 한울님…… 부디 깨끗한 물길을 보여주소서.

바리공주의 마음속 푸른 물길 속으로 붉디붉은 선혈이 노을처럼 번져갔다. 수미산 계곡물에 핏덩어리 자신을 씻길 때 흘러 내려갔다는 수천수만 장의 꽃잎들, 초경혈의 선홍빛 꽃잎과 어머니 길대 부인이 자신을 낳았을 때 쏟았을 서 말 핏물이 용소의 한가운데로 씻겨 내려가며 오래 잠들어 있던 용의 몸을 깨우는지 폭포수가 우르릉, 소리를 내며 용트림하듯 물방울들을 뿜어 올렸다.

바리공주가 다시 무쇠 두루마기와 무쇠 신을 신고 물푸레나무 아래 이르렀을 때 무장승은 이미 목욕을 끝내고 나무둥치에 기대앉아 있었다. 깨끗한 흰 저고리로 갈아입은 후였다. 바리공주가 두건을 손에 들고 젖은 머리를 그대로 바람 속에 휘날리며 걸어오는 것을 바라보던 무장승이 근처의 삐비풀 줄기를 하나 뽑아 입술에 대보고 있었다.

"제가 늦었습니까."

"아니오, 신목에 이르는 시간은 지금쯤이 적당하오. 오늘 아침은 서풍이 구름 속에서 한참을 머물다가 내려오는 듯하니 잠시 기다렸다가 올라가도록 합시다."

무장승이 풀잎을 만지작거리며 대답했다.

"초적을 부십니까?"

"가끔씩 산에 오를 때 불기는 하오만, 워낙 단조로워서……."

"날것 그대로의 악기는 기교를 탐하지 않지요. 풀벌레 소리나 새 소리나 바람 소리가 기교를 탐하지 않듯이 말입니다. 단조롭게 들리는 초적 소리도 실은 깊이가 다 다르답니다."

바리공주가 먼 하늘을 바라보며 말을 이었다.

"입술에 여러 번 피가 맺혀야 초적 소리에도 깊이가 들어가기 시작하지요."

고독하면서도 환하고 아픔이 느껴지면서도 당당한 바리공주의 얼굴을 부신 듯 바라보며 무장승이 말을 받았다.

"손가락 끝에 여러 번 피가 맺혀야 공후 소리에 빛과 그림자가 생겨나는 것처럼 말이지요."

그런 무장승을 바라보며 바리공주가 싱긋 미소 지었다.

"공후와 더불어 언제 한번 초적을 불어 봐야겠습니다. 초적을 불어본 게 까마득한 옛날 같군요."

무장승이 얼떨결에 손에 쥔 삐비풀을 내밀었다.

"지금은 때가 아닙니다."

싱긋 웃는 바리공주의 머리칼이 바람을 타고 너울거렸다.

신목 앞에 엎드리다

신목神木은 끝내 기도에 화답하지 않았다.

산봉우리 바로 아래 연결된 가파른 계곡 머리에서 신목을 처음 보았을 때 바리공주의 입에서 깊은 탄식이 흘러나왔다. 수미산에 살면서 산에 존재하는 모든 나무와 풀들과 산꽃들을 보아온 바리공주였다. 그런데 이 깊은 계곡에서 만난 신목은 그녀가 보아왔던 어떤 나무와도 달랐다. 사람 살리는 생명수를 품고 있는 나무, 그것은 나무라기보다는 정교하게 빚어진 거대한 바위나 바위의 형상을 막 벗어나고 있는 거대한 짐승을 연상시켰다. 나무의 몸속에 따스한 붉은 피가 돌고 있을 것만 같은 동물적인 기운이 풍겨 나오고 있었는데 신목이 지닌 그런 동물성은 식물성의 무한한 포용을 함께 지닌 것이었다. 모든 나무를 닮아있었으나 어떤 나무와도 닮지 않은 나무였다.

무장승이 이끄는 대로 신목을 한 바퀴 빙 돌아가며 걷다가 바리공주는 그만 주저앉을 뻔했다. 둘레가 네 아름은 족히 되어 보이는 신목의 뒤편 서북쪽 방향의 밑둥에 석문이 있었다. 반달 모양의 흰 돌 두 장이 맞물려 둥그스름한 타원형의 알처럼 생긴 석문이 신목의 밑둥에서 한 뼘 반 정도 위쪽에 마치 알을 품고 있는 형상으로 박혀있었다. 장성한 사람 하나가 빠듯하게 들고 날 크기의 석문이었다. 두 장의 맞물린 흰 돌은 용소에서 보았던 흰 모래자갈처럼 언뜻언뜻 연한 분홍빛을 발하였다. 돌의 깊은 내부로부터 스며 나오는 듯한 분홍빛이었다.

자기 몸속에 석문을 간직한 나무라니!

바리공주는 신목의 기괴한 모습에 몸이 떨려왔다. 시야에 가득 차는 신목 둥치에 압도되었던 바리공주는 석문 앞에서 비로소 고개를 들어 신목의 상부를 올려다보았다. 하늘을 빼곡하게 채우며 자라있는 신목의 우듬지는 보이지 않았다. 우듬지가 그대로 산봉우리를 이루고 있는 듯한 느낌이 들었으나 가늠할 수가 없었다. 지상에서 가장 가까운 높이에 뻗어있는 가지가 드리운 그늘만도 반경이 족히 시오 리는 될 듯했다. 엄청나게 오랜 세월을 살아온 것이 분명한 고목임에도 가지마다 갓 태어난 듯한 푸른 잎새를 가득 매달고 있었다. 자세히 보니 무성하게 매달려있는 나뭇잎의 모양이 모두 달랐다. 길고 뾰족한 유엽도를 닮은 잎새부터 단풍잎처럼 갈라진 잎, 거울처럼 둥그스름한 잎, 잣나무 같은 바늘잎, 넓적한 버즘나무 잎새를 닮은 잎에 이르기까지 수천 종의 나뭇잎들이 한꺼번에 흔들리고 있었다.

"신목은 사시사철 푸른 잎새를 키운다오. 내가 지상에 내려온 이래 신목이 꽃 피우는 것을 본 적은 없지만 백 년마다 한 번씩 오색 도화꽃을 피운다는 얘기를 천인동자들에게 들은 적이 있지요."

무장승이 바리공주에게 귀띔해주면서 석문이 마주 보이는 신목의 서쪽 둥치 앞에 자리를 잡았다. 바리공주에게 앉을 자리를 잡아준 후 갈아입은 흰 저고리 품에서 금빛이 도는 밀랍 초를 꺼내고 부싯돌에 불을 당겨 불을 붙였다. 무장승이 촛불을 들고 신목 주위를 천천히 세 바퀴 도는 사이 바리공주는 신목 앞에 정좌하고 앉아 눈을 감았다. 신목의 몸 깊은 곳에서 어떤 이명이 흘러나오며 석문을 흔드는 듯한 느낌이 들었다. 바리공주는 바깥으로 열린 눈과 귀를 닫고 몸속으로 공명되어오는 소리에 오감을 모으고 있었다.

"신목은 하늘과 땅을 연결하는 나무입니다. 지상의 기도를 천상에 전하고 천상의 응답을 몸으로 드러내는 우주목인 거지요. 이곳의 약수는 단지 생명을 살리는 물일 뿐 아니라 생명의 시원을 잉태한 물입니다. 나는 천상으로부터 지상에 유배되어 약수를 지키라는 명을 받았으나 최종적으로 물값을 요구하는 것은 지상의 기도를 하늘에 전하는 신목입니다. 유념하셔야 하오. 생명수는 오직 타인의 생명을 구하기 위해 소망될 때에라야 얻을 수 있습니다. 약수를 구하는 동기가 순수하지 못하거나 치러야 할 마음의 과제가 더 남아 있다면 과제를 먼저 치러야 하오. 그것이 신목이 원하는 물값이 될 것이고 물값을 치르면서 지상에 약수가 존재하는 이유를 깨닫게 될 것입니다."

두 눈을 감고 정좌한 바리공주는 신목의 내부로부터 울려오는 듯한 이명을 뼛속으로 느끼면서 무장승의 말이 물매암처럼 몸속으로 흘러 들어오는 것을 느끼고 있었다. 말은 이미 말이 아니라 아주 먼 하늘 어딘가로부터 온몸의 터럭 하나하나에까지 스며들며 파동 치는 듯한 느낌이었다. 고개를 끄덕이며 바리공주가 두 손을 가슴께로 그러모으며 합장했다. 무장승 역시 합장한 채 교교한 고요 속으로 들어가고 있었다.

산중의 공기가 차가워지면서 날이 저물기 시작하자 이내 깊은 어둠이 몰려왔다. 바리공주와 무장승은 합장한 그대로 요지부동이었으나 신목이 품고 있는 석문은 움직일 줄 몰랐다. 기도 중의 무장승이 미간을 약간씩 움찔거렸을 뿐 바리공주는 호흡이 멎은 사람처럼 삼매에 들어있었다. 깊은 밤이 지나면서 찬 서리가 두 사람의 머리와 어깨를 덮으며 서리꽃을 피우기 시작했다. 속눈썹을 하얗게 꽃 피우며 내린 서릿발이 가끔씩 녹아내리면서 볼을 타고 흐르다가 얼어붙곤 했다. 여명이 터오는지 눈앞이 희부윰해지기 시작했지만 석문은 여전히 요지부동이었다. 아침 햇살이 두 사람의 어깨에 내린 서리 위에 닿으면서 아지랑이가 일 듯 몸이 다시 따뜻해지고 있었다. 돌연 바리공주의 눈가에서 한 줄기 굵은 눈물이 흘러내렸다.

내 마음의 무엇이 나 스스로에게 적이 되는가. 내가 느끼지 못하는 내 마음속에 이기심이 들었단 말인가. 나를 버린 아비의 병을 고치기 위해 약수 구하기를 청한 내 마음속에 아직 풀리지 않은 원망이 남아있단 말인가. 왜 석문은 열리지 않는가. 내가 더 무엇을 풀어야 한단 말인가.

미동 하나 없던 바리공주의 얼굴에 격한 슬픔이 솟구치고 있었다. 굳게 다물었던 입술이 파르르 떨리며 속눈썹이 미세하게 경련을 일으켰다.

"미안하오."

마침내 무장승이 정좌한 자세를 풀고 체념한 듯 한마디를 내뱉었으나 바리공주는 응답이 없었다. 자리에서 일어난 무장승이 계곡 쪽으로 내려가 폭포에 몸을 담그는 동안에도 바리공주는 꼼짝 않은 채였다. 무장승이 집에 내려가 솔불을 만들고 촛불을 한 자루 더 챙겨 들고 올라온 때는 다시 날이 어두워진 후였다. 바리공주는 정좌한 채 꼼짝도 하지 않고 그렇게 삼 일을 산에서 보냈다. 간간이 무장승이 집에 내려가 먹을 것을 챙겨 왔으나 바리공주는 요지부동이었다. 요기를 할 생각도 잠을 자지도 않은 채 꼬박 삼 일을 움직일 줄 몰랐다. 무장승은 삼 일 밤을 솔불을 밝힌 채 바리공주의 밤을 지키고는 아침이면 집으로 내려갔다.

산에서 삼 일 밤을 보낸 바리공주가 천천히 눈을 떴다. 무장승은 아침결에 집으로 다시 내려간 터였다. 바리공주의 얼굴은 수척했으나 눈빛은 깊은 물속의 흑수정처럼 단단하고 깊어져있었다. 바리공주가 휘청거리며 자리에서 일어나 신목 앞에 삼배를 드리고는 가파른 계곡을 짚어 산 아래로 내려온 것은 아침 햇살이 신목의 가지 위로 오색의 빛을 뿌리며 대기 중으로 풀어지고 있을 시각이었다.

바리공주가 무장승의 집 마당에 들어섰을 때 무장승은 부엌 아궁이 앞에서 불을 지피고 있었다. 바리공주가 부엌문 앞에 와 서며 한 손으로 설주를 짚었다. 바리공주의 기척에 무장승이 얼굴을 들었을 때, 바리공주의 목소리가 들려왔다.

"당신과 혼인하고 싶습니다."

바리공주의 눈빛이 한 치의 흔들림 없이 무장승을 바라보았다. 무장승 역시 바리공주의 시선을 흔들림 없이 받아내고 있었다. 허공이 몇 번 출렁거리고, 이윽고 무장승이 대답했다.

"고맙소."

신성, 사랑 속의

계곡 초입의 산백일홍이 붉디붉은 꽃타래를 흐드러지게 터뜨린
계절이었다. 초여름 날씨의 적당한 습기가 산바람 속에서 흐뭇하게
말라가는 보름밤이었다. 달이 가득 차오르는 보름밤이면 무장승과
바리공주는 산의 동편 애기봉우리에 오르곤 했다. 물이 많고 여러
종의 과실나무가 우거진 애기봉의 산마루는 뜻밖에도 수백 평이나
펼쳐진 억새밭이었다. 정상에 조금 못 미쳐서는 완만한 기울기로
드넓게 펼쳐진 검은 돌밭이 있었는데 계절마다 꽃들이 흐드러지게
피곤 했다. 특히나 검은 돌 틈에 무더기 지어 피어나는 붉은 철쭉과
원추리꽃이 장관이었다. 지금은 거의 져버린 철쭉 꽃무더기 속에
무슨 까닭인지 늦게 꽃망울을 매달았던 철쭉이 마지막 꽃들을 피우
고 있었고 잘디잔 여름 들꽃들이 색동옷의 회장을 단장하듯이 피어

나고 있었다. 바리공주는 계절보다 일찍 피거나 늦게까지 남아있는 꽃들을 들여다보는 일을 좋아했다.

사시사철 보름달이 뜬 밤이면 바리공주와 무장승은 애기봉 산마루의 억새밭에 올라 공후를 타고 초적을 불었다. 바리공주의 초적 소리는 여전히 꼿꼿하고 깊었지만 습기가 많이 생겨있었다. 겨울 풀로 초적을 불 때에도 예전처럼 새되게 갈라지며 홀로 아픈 소리라기보다 갈라지는 소리의 틈새에 보송보송한 벌레집을 품고 있는 듯한 여운이 깃들고 있었다. 무장승은 초적을 부는 바리공주를 넋을 잃은 듯 바라보거나 때로 초적 소리에 맞추어 가볍게 공후를 타곤 했다. 장난을 치듯 주고받는 초적과 공후 소리 속에 두 사람이 미소 지을 때마다 연둣빛 풀물이 돌 듯 신선한 향기를 지닌 바람이 불어왔다. 이따금 바리공주의 머리를 무릎에 누이고 달이 새벽을 향해 이울어갈 때까지 무장승이 천상의 곡을 탈 때도 있었다. 그런 날들은 대개 보름달 아래 길고 긴 사랑을 나눈 후였다. 어떤 때엔 반짝이는 은빛 억새꽃들이 물결치는 애기봉 산마루에서였고 어떤 때엔 핏물이 들 것 같은 철쭉밭에서였고 원추리 가득한 능선이거나 연둣빛 새 잎이 막 돋기 시작하는 산죽밭이거나 산목련이나 후박나무꽃이 지등처럼 어여쁜 꽃그늘을 만든 산비탈이기도 했다.

바리공주와 무장승이 정화수 한 그릇을 떠놓고 혼례를 올린 밤 이후 두 사람의 사랑은 지칠 줄 몰랐다. 마음의 사랑이 그러했거니

와 몸의 사랑 역시 무장승과 바리공주를 매일매일 변화시키고 있었다. 바리공주와 무장승은 서로의 몸을 알아가는 데에 오랜 시간 정성을 들였다. 바리공주의 몸은 매일의 하늘과 땅의 기운에 따라 민감한 변화를 보였고 특히나 이울고 차는 달의 길에 따라 몸의 체취며 예민해지는 곳이 미세하게 달라지곤 했다.

아름다운 꽃 한 송이를 지극한 공경의 마음으로 오래 들여다볼 때 꽃의 빛깔과 향기가 매 순간마다 다르다는 것을 알 수 있듯이 무장승은 온 마음으로 바리공주를 바라보고 정성을 다해 만지며 향기를 맡고 있었다. 바리공주 역시 지극한 마음으로 무장승의 몸을 읽어내고 아끼고 공경했다.

당신이 기뻐할 때 은하의 물이 출렁이며 기뻐하는 것이 느껴지오.

당신을 보고 있는데 왜 내가 보일까요.

무장승과 바리공주의 속삭임이 끊임없이 이어지는 달밤들이 지나갔다. 바리공주와 무장승은 사랑 속에서 날마다 원시로 돌아가고 있었고 서로의 신성을 발견해가고 있었다.

내 속에서 한울님이 느껴져요. 계곡의 물소리, 풀벌레 소리, 소쩍새 울음소리, 바람 소리, 별들이 움직이는 소리가 들려요. 밤하늘의 숨소리가 내 속에서 느껴져요.

달 밝은 밤이면 온 산을 누비면서 바리공주와 무장승은 흘러가는

모든 것들을 있는 그대로 사랑했다. 온 산의 살아있는 것들 속에서 날마다 사랑을 나누었고 사랑이라는 만남 속에서 날마다 근원으로 돌아갔다. 살아있거나 이미 죽어버린 것들의 소리와 빛과 냄새와 촉감과 맛이 두 사람의 기나긴 포옹 속에서 새롭게 태어나고 사라지고 있었다. 사랑의 행위는 서로의 몸을 통해 자신의 의식을 들여다보는 일이었고 무장승과 바리공주는 매번 자신을 들여다보며 다시 태어나고 있었다. 사랑 속에는 모든 방위에 신이 있었다.

"기억나오? 당신이 내게 청혼을 한 아침에 나는 지상에서 다시 태어난 느낌이었다오."

초록빛 억새풀밭이 끝나는 지점과 늦은 철쭉이 피어있는 비탈의 평평한 경계면에서 바리공주와 무장승이 속삭이고 있었다. 무장승의 저고리를 깔고 바리공주가 앉아있었고 바리공주의 무릎을 베고

누운 무장승의 아랫도리에 바리공주의 저고리가 덮여있었다. 보름
달이 젖빛 부드러운 달빛을 산 능선 깊숙이 흘려 넣고 있었다. 갓
태어난 초목들이 달의 물을 받아 마시며 뿌리를 키우는 밤이었다.
무장승이 간간이 고개를 돌려 바리공주의 무릎에 입을 맞추다가 문
득 물었고 바리공주가 무장승의 머리칼을 쓸어 넘겨주면서 빙그레
웃었다.

무장승이 특유의 시원한 웃음을 지으며 고개를 들더니 천천히 일
어나 앉았다. 바람이 흩뜨리고 간 바리공주의 긴 머리카락을 귀 뒤
로 쓸어 넘겨주며 한동안 바리공주의 얼굴을 바라보았다. 반듯한
이마 아래 약간의 홍조가 남아있는 양 볼을 타고 달빛이 부드럽게
스미고 있었다. 오로지 이 사람의 것이다, 라고밖에는 말할 수 없는
얼굴이 달빛 속에 요요했다.

"그날…….. 내가 당신에게 청혼한 그날 새벽, 나는 신목으로부터
숙제를 받았습니다. 신목은 아득한 뿌리로부터 자신의 몸을 통과
해 나온 말로, 내가 한 번도 배운 적 없는 우주의 말로 내게 그것을
말하였고 나는 내 몸을 전부 열어 오로지 내 몸의 말로 신목의 말에
공명했습니다. 신목이 내게 요구한 물값은 사랑이었습니다. 생명을
살리는 물을 얻기 위해 내게 남겨진 마지막 과제가 사랑을 배우라
는 것이었지요. 내 마음에 아직 원망이 남아있다는 것을 나는 그때
알았습니다. 어머니 나무인 신목은 또 내게 말해주었습니다. 가장

먼저 치유해야 할 것이 나 자신이라고, 사랑을 통해 먼저 나를 치유하라고 말이지요."

말을 마친 바리공주가 미소를 지으며 무장승의 얼굴을 두 손으로 감싼 채 이마와 콧등과 입술에 천천히 입을 맞추었다. 입술에서 입술로 달빛을 건네주고 받아들이고 다시 건네주고 달빛을 삼키면서 몸속 깊은 곳까지 달빛이 스며들고 있었다. 어디선가 낮은 풀들이 바람을 일으키며 몸을 뉘었다.

"나는 그냥 알 수 있었습니다. 어찌하여 신목이 내게 사랑을 배우기를 요구하는 것인지……. 그리고 나는 기뻤습니다. 당신을 처음 본 순간부터 내가 당신을 그리워하기 시작했다는 것을 알고 있었기 때문입니다. 당신을 만나기 아주 오래 전부터 나는 당신을 사랑해왔는지도 모릅니다. 내가 당신을 그리워한다는 것을 깨달았을 때 나는 내가 불완전한 존재라는 것을 알았습니다. 그리고 갈등했지요. 내 마음의 목소리는 당신을 갈망하고 있었지만 내게 요구된 소명은 그것을 피해 가야 한다고 말하고 있었습니다. 신목은 내 마음의 갈등을 알고 있었고 불완전한 존재로서의 나를 더 깊이 들여다보라고 말했습니다. 그리고 사랑의 실천을 요구했지요. 그 새벽에, 나는 비로소 깨닫기 시작한 겁니다. 내가 치유되어야만 아버지를 살릴 수 있다는 것을, 무엇이 불완전한 나를 완성하고 생명수의 힘을 완성하는 것인지를 말이지요."

바리공주가 무장승의 머리카락을 쓰다듬으며 천천히 말을 이었고 무장승은 공주의 가슴에 얼굴을 묻은 채 가슴이 공명하며 내는 진동을 고스란히 받아 안고 있었다. 그렇게 한참이 지난 다음이었다.

"당신에게 용서를 구해야 할 것이 있소."

무장승이 여전히 공주의 가슴에 얼굴을 묻은 채로 말하였다.

"약수를 지키는 소명을 받은 이의 마음엔 삿된 것이 없어야 하오. 오로지 깨끗한 마음으로 약수를 구하러 온 이의 기도가 하늘에 닿을 수 있도록 인도하고 도와야 한다오. 약수를 지키는 소명을 받은 내 기도와 약수를 구하기 위해 이곳까지 온 이의 기도가 합일하여 신목의 마음을 움직여야 하는 거지요. 내가 무엇을 염원하건, 당신이 무엇을 염원하건, 신목은 우리 마음속의 가장 깊은 욕망을 알아챕니다. 마음에 삿된 것이 포함되어 있다면 응답은 이루어지지 않는 것이지요. 나는……, 신목 앞에서 내 마음을 얼마나 여러 번 단죄했는지 모르오. 당신이 약수를 구해 속히 돌아가 아버님을 구할 수 있기를 바라는 마음과 당신을 이곳에 붙들어두고 싶은 마음이 내내 싸우고 있었소. 당신을 처음 본 순간부터 내 마음은 당신을 사랑하기 시작했다오. 당신이 설령 사내라고 할지라도 나는 당신을 사랑했을지 모르오. 내 마음이 한결같지 못하여 신목이 기도에 응답하지 않은 것만 같아 당신을 볼 면목이 없었소."

무장승이 괴로운 숨소리를 내며 공주의 품속을 파고들었다. 바리

172

공주는 아무 말도 하지 않고 다만 그의 어깨를 쓸어주고 있었다.

"더욱 괴로웠던 것은……."

무장승이 몸을 일으키며 공주의 얼굴을 바라보았다. 반듯하게 무릎을 꿇은 채였다.

"당신을 사랑하는 내 마음에 혹여나 삿된 욕망이 있는 것은 아닌가 하는 우려였소. 이미 말한 바 있듯이 나는 천상으로부터 이곳에 유배된 사람이오. 이곳에 내려올 때 지상의 배필을 맞아 아들 셋을 얻으면 유배의 기간을 탕감 받을 수 있다는 약조가 있었소이다. 당신이 약수弱水를 건너온 그날, 나는 꿈에서 예지한 배필을 기다리고 있었지요. 그리고 당신을 보았을 때 나는 첫눈에 당신을 사랑하게 될 운명임을 알았소. 그런데 그 마음속에 혹여나 배필을 만나 죄를 탕감받기를 원하는 마음이 들어있었던 것은 아닌지, 내 죄를 면하기 위해 당신에게 기대려고 한 것은 아닌지, 신목 앞에서 나는 얼마나 두려웠는지 모른다오."

무장승의 두 눈이 젖어있었다.

"당신의 고뇌를 알고 있었습니다. 그리고……, 당신의 사랑이 참으로 순결하다는 것도 알고 있습니다. 두려워하지 마세요."

바리공주가 무장승의 두 눈에 가만히 입술을 대었다. 따뜻하고 부드러운 혀가 무장승의 두 눈에 고인 눈물을 핥아갔다. 무장승의 입술이 바리공주의 어깨에 머물다가 허리를 타고 내려가 달이 빚은 즙이 가득한 깊은 계곡의 숲으로 들어갔다.

휘여…… 달이여…… 달의 물속에 핀 수천의 꽃이여…….

달 속으로 수천수만 장의 꽃잎이 흘러가는 밤이었다. 달의 즙이 지상의 아픈 나무들의 산도産道를 타고 흐르면서 상처를 어루만져 주고 있었다.

긴 시간이 지난 후 두 사람이 산을 내려와 마당에 들어섰다. 둘째 아이가 젖을 보챌 시각이었다.

생명수와 꽃을 구하다

"돌아가야 할 때가 온 것 같습니다."

미역국을 끓여 아침 밥상을 들고 들어온 무장승을 앉혀놓고 바리공주가 말을 이었다. 몸을 푼 지 삼칠일이 채 지나지 않아 아직 부기가 걷히지 않은 바리공주의 얼굴에 땀방울이 송글송글 맺혀있었다. 갓 태어난 셋째 아기에게 새벽참에 젖을 물린 후 잠시 잠에 들었다가 불길한 꿈을 꾸고 난 후였다. 금관자와 옥관자가 부러지더니 불나국의 초목들이 죄다 누렇게 말라가기 시작하는 흉몽이었다.

무장승이 짐작하고 있었다는 듯 고개를 천천히 끄덕이며 바리공주의 손에 숟가락을 쥐여주었다.

"오늘 새벽 천기가 심상치 않아 신목까지 올라가 준비를 끝내고 왔소. 일단 요기부터 좀 하도록 해요."

바리공주가 밥 한 그릇과 국 한 사발을 다 비울 동안 무장승은 갓 태어난 아기를 어르며 세 살, 다섯 살 된 두 아들을 보살폈다. 바리 공주는 딸아이를 하나 꼭 낳고 싶어 했지만 두 살 터울의 삼형제를 점지한 하늘의 뜻을 알 수는 없는 일이었다.

아침상을 물린 후 바리공주는 서두르기 시작했다. 막내에게 젖을 먹이고 젖병에 가득 젖을 채워놓은 후 빨아놓은 깨끗한 저고리를 챙기고 긴 머리를 단정하게 빗었다. 막 잠이 드는 막내를 무장승의 품에 안겨놓고 계곡을 거슬러 올라갔다. 신목 근처는 금기였다. 무장승과 함께 온 산을 넘나들며 초적과 공후를 타고 사랑을 나누곤 하였으나 신목이 있는 주봉은 약수를 구하기 위한 기도를 하기 위해서가 아니면 금지된 곳이었다.

참으로 오랜만에 다시 오는구나…….

세 아이를 낳고 난 다음이었다. 신목의 석문 앞에는 새벽에 무장 승이 다녀가며 켜놓은 촛불 한 자루가 타오르고 있었다. 바리공주는 숨을 들이쉬며 천천히 정좌하고 앉았다. 산후라 몸속으로 계곡의 바람이 성성하게 들어차며 뼛속이 시려왔지만 눈을 감고 합장한 손바닥이 이내 따뜻해지기 시작했다. 마치 기다리고 있기라도 했다는 듯이 신목으로부터 따스한 기운이 물결치면서 바리공주의 몸속으로 흘러 들어왔다. 우오오오오오옴…… 신목의 뿌리가 흔들리는가 싶으면서 석문이 조금씩 열리기 시작했다. 두 장의 맞물린 석문이 조금씩 열리면서 그 틈새로 붉은 빛이 새어 나오는가 싶더니 이내 캄캄한 속을 보이면서 석문이 완전히 열렸다. 완전한 어둠을 품은, 알 모양의 거대한 구멍이었다. 석문 저편의 가늠할 수 없는 깊은 어둠 속에서 무언가 비릿하고 달큰한 냄새가 훅, 끼쳐오고 있었다.

바리공주가 촛불을 들고 신목의 몸속으로 들어섰다. 석문 안쪽은 바리공주가 몸을 완전히 오므리고 무릎걸음으로 걸어 들어가야 할 정도의 크기였다. 신목의 몸속으로 들어간 바리공주가 촛불을 두 손으로 가리며 간신히 무릎걸음으로 걷고 있을 때였다. 어디선가 한 줄기 바람이 불어오더니 촛불을 꺼뜨렸다. 바람은 외부에서 불어오는 것은 아닌 듯했다. 신목 내부의 무엇인가가 꿈틀거리면서 만드는 공기의 파동이었다. 꺼진 촛불을 뒤에 남기고 바리공주가 굴속 같은 통로를 더듬어 들어갔다. 끝을 알 수 없이 이어진 구불구불하고 좁은 통로였다. 가끔씩 굴의 내벽이 미끄러운 점액을 씌운 듯 손끝에서 미끄러졌고 그럴 때마다 비릿한 갯내음이 코끝을 스쳐갔다. 놀랍게도 굴의 내벽에는 사람의 체온처럼 따스한 온기가 번져있었다. 어떤 굴곡을 돌아갈 즈음에 실제로 꿈틀거리는 나무의 속살을 만진 듯도 하였다.

완전한 어둠 속을 얼마나 갔는지 몰랐다. 까마득한 세월 동안 오로지 굴속을 통과하고 있는 듯한 기이한 느낌 속에서 바리공주는

시시로 환영을 만났다. 환영은 오감을 통해 전신으로 오는 것이어서 환영인지 실제인지 구분하기가 어려웠다. 환영 속에서, 완전한 어둠 속을 걷고 있는 것은 흰머리가 성성한 자신이기도 했고, 갓난아기인 자신이기도 했고, 길대부인이기도 했고, 비럭공덕할멈이기도 했다. 점차 정신이 혼미해지고 있었다. 자신의 몸이 오래도록 그리워한 어떤 몸 안에서 따스하게 유영하고 있는 느낌이 들었다. 자신이 아직 태어나기 전, 어머니의 몸속이 이러했겠구나 싶은 생각도 스쳐갔다. 한 점 빛도 들어오지 않는, 빛이 태어나기에는 너무도 순결한 어둠 속을 유영하던 바리공주는 마침내 자신이 자신의 몸속을 통과하고 있는 환영을 보았다. 그리고 굴의 어느 굽이에서 잠깐 정신을 놓았다가 깬 듯했다. 갑자기 온몸이 무엇엔가 빨려 들어가듯 좁은 통로 속의 기나긴 낙하로 떨어진 순간이었다. 갑자기 시야가 환해지더니 평평하고 넓은 공간이 나타났다. 부드러운 요람을 닮은 공간이었다. 전체적으로 약간 불룩한 듯하면서도 평평한 요람의 양편으로 나팔꽃 줄기가 꽃대를 받치며 뻗어나간 듯한 두 개의 좁은 길이 나있었고 요람의 중앙에 샘이 있었다. 타원형의 둥그스름한 형태가 석문과 닮아있었지만 석문이 수직의 문이었다면 샘은 수평으로 놓인 깊은 우물이었다. 샘물 위에 호리병이 하나 떠있었다. 고요하게 미동하면서 마치 살아있는 것처럼 조금씩 샘물 위를 돌고 있었다. 호리병이 움직여가는 길에 잔잔한 동심원이 생겼다가 사라지곤 했다.

바리공주는 순간 갈증을 느꼈지만 그것이 약수라는 사실을 갑자기 깨달으면서 정신을 차렸다. 샘의 양편으로 난 좁은 길의 입구로부터 연분홍 빛깔의 은은한 빛살이 샘의 중앙을 향해 번져오고 있었다. 바리공주가 샘 앞으로 걸어나가 두 손을 모으고 기도를 올린 후 호리병을 집어 들어 샘의 물을 가득 채웠다. 빈 호리병은 의외로 묵직했지만 물을 가득 채운 후에도 그 무게가 늘어나지 않았다. 바리공주가 호리병을 저고리 안쪽에 품고 샘의 양편에서 붉은 빛살을 퍼뜨리고 있는 좁은 길 중 왼편의 입구를 먼저 들여다보았다. 바리공주의 입에서 가는 탄식이 흘러나왔다. 입구를 따라 들어가자마자 닿은 곳은 꽃밭이었다. 양편 모두 오색찬란한 꽃잎을 겹겹이 매단 꽃들이 가득 피어있었다. 꽃들의 향기가 정신을 잃을 정도로 아찔하였다.

꽃이로구나, 피 살리고 살 살리고 뼈 살리고 숨 살리는 바로 그 꽃잎이로구나. 백 년마다 한 번씩 꽃 핀다는 신목이 몸속에 날마다 수천수만 송이 꽃들을 피우고 있었구나. 사시사철 꽃 피는 나무였구나.

숨살이 살살이 피살이 뼈살이 꽃이 약수와 함께 피어있을 줄은 예측하지 못한 일이었다. 바리공주는 하늘과 땅의 모든 신령한 것들 앞에 기도의 말을 드리며 꽃밭으로 들어가 조심스럽게 꽃을 꺾었다. 붉고 노란 꽃들과 희고 푸른 꽃들이 어우러진 꽃밭은 보기와는 달리 몹시도 질척거렸다. 꽃밭의 흙을 만져보니 습기가 가득했다. 중앙의 샘터에서 스며 나온 생명수가 기르는 꽃들이었다. 꽃송이 하나를 따낼 때마다 바리공주가 감사의 기도를 올렸고 꽃송이를 따내는 순간 바리공주의 몸속이 동시에 파르르 떨리곤 했다. 수천수만 장의 꽃잎들이 나비처럼 바리공주의 몸속에서 날아오르는 환영이 손끝에서 몇 번씩이나 피고 저물었다. 양편의 꽃밭에서 골고루 오색도화를 꺾어 소매 속에 넣은 바리공주가 꽃밭을 나오면서 샘터 앞에서 마지막 기도를 드렸다. 길고 구불구불한 통로를 지나 바리공주가 석문에 다다르자 석문이 소리 없이 다시 열렸다.

바리공주가 집에 이르렀을 때 아이들 셋만 덩그마니 남아있었다. 갓난아이는 울고 있었고 첫째 아이는 칭얼거리는 둘째를 달래며 바리공주를 기다리고 있었다. 바리공주가 무장승의 행방을 물었다. 꽃을 끊으러 간다고 공중으로 올라갔다는 첫째 아이의 대답을 들으면서 바리공주는 잠시 현기증이 일었다.

무슨 소리일까. 꽃을 끊으러 갔다면 피살이 살살이 숨살이 뼈살이 꽃을 말함인가. 공중으로 올라갔다면 천상에 올라갔단 말인가. 아들 셋을 얻으면 죄가 면하여진다는 아득한 그 옛말이 실제로 일어난 것이란 말인가. 휘여……. 하더라도 한마디 말도 없이, 얼굴도 한 번 마지막으로 아니 보고 그예 갔단 말인가.

바리공주가 잠시 망연하게 앉아 있다가 저고리를 열어 갓난아이에게 젖을 먹였다. 배불러 더 젖을 빨지 않는 아이의 입에 젖꼭지를 물려놓은 채로 얼마를 더 앉아있었는지 모른다. 첫째 아이가 어미의 심상치 않은 표정을 살피며 보채는 둘째에게 손 그림자로 날아가는 새를 만들어 보여주고 있었다.

지체할 시간이 없다…… 가야 한다.

마침내 바리공주가 갓난아이를 안고 일어나 등에 업었다. 첫째와 둘째의 입성을 단속하고 따뜻한 옷을 여벌로 챙긴 후 칭얼대는 둘째를 마저 가슴에 안고 막 사립문을 나서려는 참이었다. 뒤란 쪽에서 무장승이 숨 가쁘게 달려왔다.

"이런 무정한 사람. 날 두고 홀로 어딜 가고자 한단 말이오."

무장승이 가쁜 숨을 몰아쉬며 바리공주가 안고 있던 둘째를 받아 한 팔로 안고는 바리공주의 어깨를 감싸 안았다. 바리공주가 눈물이 그렁해진 눈으로 무장승을 바라보았다.

"때가 다하여 한울님께 허락을 얻으러 다녀오는 길이오. 그대를 배필로 얻어 아들 셋을 얻었으니 그대가 나의 죄를 감해주었소이다. 죄가 감해져 천계로 돌아갈 수 있게 되었으나 그대와 이별하고 나는 살 수가 없소. 천계로 돌아가지 않고 당신과 함께 가려오."

바리공주가 환하게 웃으며 고개를 끄덕였다.

"그런데 오색도화는 구하였소? 피살이 살살이 숨살이 뼈살이 꽃은 원래 천계의 꽃이어서 내가 천상에 있을 때 늘 지나다니던 꽃밭 가득 피어있던 꽃이라오. 약수야 당신이 구하겠지만 꽃은 어찌할까 싶어 한울님께 허락을 구하였더니 당신이 이미 다 이루었을 것이라 하더이다."

바리공주가 미소를 지으며 옷소매 속에서 오색도화를 보여주었다.

"지상과 천상을 연결하는 어머니 나무인 신목이 그 몸속에 이 꽃들을 기르고 있었습니다."

바리공주 내외가 아이들과 함께 떠난 마당가에 오색도화 몇 잎이 지전처럼 흩날리며 사람이 살았던 마당을 밝히고 있었다.

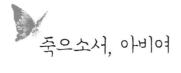

죽으소서, 아비여

"황천강 까치여울 피바다에 줄줄이 떠오는 저 배들은 다 무슨 배
요?"

갈치산 불치고개 대세지고개를 넘어 황천강을 거슬러 가는 길이
었다. 황천강에는 무수한 넋배들이 떠다녔다. 노 젓는 소리도 없이
조용히 움직이고 있는 배들은 이승을 떠나 저승으로 향해 가는 배
들이었다. 강에는 안개가 자욱하였다. 바리공주 일가를 실은 배만
이 유일하게 강을 거슬러 오르고 있었다.

"뱃전 가득 연꽃이 가득하고 기도 소리 가득하며 거북이 받들고
청룡황룡이 끄는 저 배는 어떤 배요?"

바리공주가 사공에게 물었다.

"그 배에 실려 오는 망자는 세상에 있을 적에 다리 놓아 만인공

덕, 원을 지어 행인공덕, 옷 벗어 시주하고 배고픈 이에게 밥 주고 만인에게 은덕을 베풀어 극락세계 천국에 드는 배올시다."

"풍류로 잔치하고 웃음으로 열락하고 고운 향기 가득하여 맑은 기운 띠고 오는 저 배는 어떤 배요?"

"그 배에 오는 망자는 세상에 있을 적에 부모에게 효도하고 동기간에 우애 있고 이웃에게 유순하고 가난한 사람 구제하며 선심으로 평생을 살다가 죽은 후에 극락 왕생하러 가는 배올시다."

지나가는 넋배들을 바라보고 있던 바리공주가 얼굴 가득 미소를 지으며 합장하였다.

"그 뒤에 활 든 사람, 창 든 사람 둘러있고 머리 풀어 산발하고 의복도 벗기운 채 울음소리 가득하고 모진 기운 가득한 저 배는 또 어떤 배인고?"

"화탕지옥 칼산지옥으로 가는 배요."

팔만사천 지옥을 지날 때 보았던 끔찍한 형상들이 떠올라 바리공주가 깊은 한숨을 내쉬었다. 한치 앞을 내다보지 못하는 우매한 인사人事가 서글펐다.

휘여, 우리네 인생이 잠시 스치는 바람 같은 것인 줄 미리 알았더라면 지옥 가는 저이들도 그리 악덕하게 살지만은 않았을 것을. 생사의 인과가 엄연하니 과한 탐심이 부르게 될 저승길 고난을 조금만 일찍 알아챘어도 좋았을 것을.

바리공주가 탄식하며 언제 끝날지 모를 길고 긴 고난 길을 향해 가는 넋배를 향해 합장을 올려주었다.

황천강의 안개가 점점 더 짙어지는가 싶었다. 휘장처럼 드리워진 안개 속에 불도 없고 달도 없고 배 젓는 사공도 보이지 않는 배 한 척이 조용히 흘러가고 있었다.

"노도 없이 사공도 없이 유랑하는 저 배는 어떤 배인고?"

"그 배는 해산 길에 죽은 망자와 전쟁 중에 영문 모르고 죽은 아이들과 여자들이 사십구재도 지노귀새남*도 못 받고 길을 잃고 갈 곳을 몰라 임자 없이 얹혀있는 배로소이다."

바리공주가 크게 슬퍼하며 두 눈에 가득 눈물이 고였다. 죽음을 미처 준비하지도 못한 채 갑작스레 죽어버린 혼령들과 자신의 죽음을 깨닫지조차 못한 혼령들이 갈 길을 몰라 헤매고 있는 넋배의 사위가 죽음보다 적막했다. 바리공주가 업고 있던 갓난 아이를 무장승에게 안기고 뱃전에 나가 탄식하며 몇 날의 꽃을 유랑하는 배를 향해 던져주었다. 지전도 없이 황천강을 헤매는 가여운 혼령들을 스치며 오색도화 몇 잎이 넋배 주위로 흩어져 내렸다.

휘여, 씻기소서. 할 수만 있다면 저 꽃잎으로 가여운 넋들을 깨워 길을 인도하소서.

* 죽은 사람의 넋이 극락으로 가도록 베푸는 굿.

바리공주가 눈물을 머금은 채 길고 긴 기도를 드리는 사이였다. 바리공주 일가를 태운 배가 홀연 강둑에 도착하였는지 갑자기 사위가 환해졌다. 황천강에 가득하던 안개와 어둠이 말끔히 걷힌 휘영한 대낮이었다.

이상도 하구나, 서천서역으로 떠나올 때에 수미산 건너 구만 리길을 왔건만 이 강 건너자 갑자기 웬 저자거리의 인기척인고.

어느 틈에 불나국에 닿아있었다. 모심기가 한창인 철이었다. 모내기 하는 농부들이 두런두런 주고받는 말이 바리공주의 귓전을 때렸다.

"더는 못 기다리고 오구대왕님 상여가 내일 나간다는구만. 술도하고 떡도 하고 고기도 그득그득 놓아 가시는 마지막 길 위로한다하니 오늘 일 얼른 끝내놓고 내일은 우리도 목 좀 축이러 가세."

바리공주의 낯빛이 창백해졌다.

"이보시오, 농부님네. 나라의 상사라니 그 무슨 말씀인지 자세히좀 들려주오."

바리공주가 다급하게 물었다.

"어디서 오는 처자인데 삼척동자도 다 아는 나랏일을 모른단 말이오. 우리 오구대왕님 아드님 보시려구 갖은 애를 쓰다가 아들 태자 기어코는 못 보고 일곱째 아기 공주를 내다 버렸다가 죄를 받아병에 걸려 누운 지 십 수 년인데 버린 애기씨가 어찌어찌 살아 와

서 아버지 살린다고 약수 구하러 서천서역 간 지 꼭 삼 년이 지났다
오. 불쌍한 공주 애기씨는 서천서역에서 귀신이 되었는지 돌아오
지를 않고 오구대왕님은 서천서역 약수 말고는 다른 약이 없는지라
시름시름 앓다가 지난달에 결국 승하하셨다오. 공주 애기씨 서천서
역 가실 적에 인상을 내지 말라 당부하셔서 오늘내일 미루고 미루
다 오구대왕님 시신 썩는 냄새가 온 궁 안에 가득해 더는 기다릴 수
없어 내일이 상여 나가는 날이라오."

바삐 걸어도 아이들까지 데리고 오늘 안으로 궁에 닿기는 어려운
일이었다. 바리공주가 무장승에게 아이들을 맡기고 밤을 꼬박 새워
궁까지 걸었다. 밤길을 꼬박 새워 길을 재촉하면서 숱한 의문들이
떠올랐다. 이 년 터울로 아이 셋을 낳았으니 그것만도 육 년이고 무
장승을 만나기까지 걸린 세월이 있으니 족히 팔구 년은 지났을 텐
데 꼭 삼 년이 흘렀다고 했다. 문득 소매에서 꺼내본 오색도화는 금
방 따 온 것처럼 싱싱한 향기를 뿜어내고 있었다. 바리공주가 간신
히 궁궐 문 앞에 닿았을 때 먼동이 터오고 있었다.

너와오 너와오 너와오 넘차 너와오 어이 가리오
오구대왕님 어이 가리오 불나국 이별하고 어이 가리오
떠나간다 떠나간다 오구대왕님 떠나간다.
불쌍하구 가련한 오구대왕님 떠나간다.

옥답이 없어 불쌍하나 돈이 없어 불쌍하나

세상 사람 남녀 간에 자식이 무엇인지

자식으로 볼라면 아들이 무엇인지

아들 볼라고 애를 쓰다가 아들로 인해 병들어

한 번 아차 떠나가니 다시 오지를 못하는 고로

떠나간다 떠나간다

이제 가면 언제 오실라오 오실 날이나 일러주오

어하오 어하오 너하리 넘차 어하오

북망산천이 멀다 마오 저 건너 앞산이 북망산천이오

황천수가 멀다 마오 건너 요기가 황천이오

나하호 너하호 너화넘차 허화호

공수래 공수거이다 초록 같은 우리 인생들

피땀 흘려 모은 재물 죽으면 다 헛것이오

부귀영화 누리며 살아도 저승 갈 날짜 모르는 일일세

어화호 호화호 호화리 넘차 너하오

대궐 문이 열렸다. 오색 만장*을 가득 나부끼며 오구대왕의 상여
가 나오고 있었다.

* 죽은 이를 애도하며 지은 글, 또는 그 글을 명주나 종이에 적어 깃발처럼 만든 것.

"멈추시오!"

바리공주가 상여의 앞을 가로막았다.

"잡인을 금하는 귀한 상여이거늘, 게다가 계집이 이 길이 어떤 길이라고 앞길을 막고 서느냐."

행렬을 주관하는 노대신이 벼락같이 소리를 지르며 희광이를 불렀다. 큰 상여가 나갈 때엔 상여의 맨 앞에 언월도를 휘두르며 회자수가 먼저 길을 트곤 했다. 잡인의 근접과 잡기운을 막기 위한 것이었다. 노대신의 명령에 칼춤을 추며 앞서 가던 더벅머리 희광이가 맨발로 경중경중 뛰어 달려와 바리공주의 머리채를 단번에 잡아채었다. 희광이가 어깨에 멘 언월도를 들어 바리공주의 목 언저리에 휘휘 휘두르며 칼끝이 몇 번 목덜미를 스쳐간 순간이었다.

"나는 오구대왕의 일곱째 공주 바리공주요. 아버님 살릴 약수를 구해 이제야 당도했으니 어머님을 뵙게 해주오."

갑작스런 소란 통에도 침착함을 잃지 않은 바리공주가 노대신을 향해 오금을 박듯이 말하였다. 마침 흰 가마를 타고 시름에 젖어 오던 길대부인이 소란 중의 바리공주를 보고 내달려오는 길이었다.

상여가 길을 돌려 궁으로 다시 옮겨졌다. 관을 열자 시신 썩는 냄새가 사방에 진동하였다.

"수의를 완전히 벗겨주시오."

바리공주의 명령에 대신들이 주춤거리며 대왕의 수의를 벗겼다.

역겨운 냄새에 얼굴을 일그러뜨리며 더러는 뛰쳐나가 헛구역질을 하기도 했다.

아비여, 죽으소서. 완전히 죽어 다시 소생하소서.

바리공주가 오구대왕의 맨몸에 손을 얹었다. 발끝에서부터 정수리에 이르기까지 온몸을 쓰다듬으면서 바리공주가 눈물을 흘렸다. 문드러지고 해진 살점들이 바리공주의 손길 속에서 초라한 육신을 전신으로 드러내고 있었다. 이윽고 바리공주가 소매 품에서 오색도화를 꺼내 들었다. 붉고 푸르고 노랗고 흰 꽃들이 생생한 향기를 품으며 바리공주의 손끝에서 피어났다. 뼈 살리는 흰 꽃이 헐거운 뼈를 쓰다듬고 지나갔다. 피 살리는 붉은 꽃이 딱딱하게 굳어버린 더러워진 피를 쓰다듬고 지나갔다. 살 살리는 노란 꽃이 진물 흐르는 살점을 쓰다듬고 지나갔다. 숨 살리는 푸른 꽃이 저승길 넋배를 홀로 기다리는 초라하고 외로운 숨결을 쓰다듬으며 지나갔다. 오구대왕의 육신이 가볍게 경련을 일으키는가 싶었다. 적요한 침묵이 궐내에 가득하고 흰머리 성성한 길대부인은 두 손으로 입을 틀어막은 채 눈물을 삼켰다.

죽으소서, 아비여. 완전히 죽어 죄업을 벗으소서. 완전히 죽어 다시 소생하소서.

바리공주의 이마에 땀방울이 맺히고 있었다. 바리공주가 품속에서 호리병을 꺼내어 마개를 열었다. 오구대왕의 입에 호리병을 대고 한 방울 두 방울 약수를 흘려 넣기 시작했다. 이미 문드러지기 시작한 입술이었으나 턱을 굳게 다물고 차갑게 굳어있는 시신인 터라 약수는 미처 삼켜지지 못하고 입가로 개개하게 흘러내렸다. 바리공주가 약수를 한 모금 물어 아비의 입술로 천천히 흘려 넣었다. 두 모금 세 모금이 흘러 들어간 후 앙다문 시신의 턱이 천천히 벌어지며 목구멍이 열리는가 싶었다. 바리공주가 다시 호리병을 오구대왕의 입에 대어주었다. 입술에 힘이 들어오기 시작하는지 오구대왕이 천천히 약수를 삼키기 시작했다. 썩어가는 늙은 시신 한 구가 호리병의 입구에 입을 대고 배고픈 어린아이가 어미의 젖을 빨듯이 맹렬하게 약수를 받아 마시는 기이한 풍경이었다. 궁 안의 사람들은 마른침을 삼키며 이 광경을 지켜보고 있었다. 호리병 속의 약수가 거의 다 비는 순간이었다. 오구대왕의 온몸에서 벼락을 맞은 듯한 경련이 일더니 안개가 자욱하게 피어오르기 시작했다. 문드러진 살점들이 한꺼번에 기화하면서 안개를 피워 올리는 것만 같았다. 바리공주는 죽은 아비의 육신이 피워 올린 물방울들 속에서 뼈와 살들이 뭉게뭉게 일어나는 것을 똑똑히 바라보고 있었다. 바리공주의 얼굴에서 땀방울이 맺혀 떨어졌다. 길대부인은 더는 참지 못하고 울음을 터뜨렸다. 이윽고 오구대왕의 온몸에 핏줄이 서고 숨이 터진 순간이었다.

"후여, 참 잘 잤다. 어둡고 깊은 잠이었구나."

씻김

"이 나라 반을 너에게 주랴. 사대문 안에 들어오는 재산의 반을
너에게 주랴."

"나라도 싫고 재산도 싫습니다. 저는 버려짐으로써 사랑을 얻은
존재이니 버려진 것들의 혼을 이끌고 마음을 다독여 새 삶으로 이
끄는 이가 되겠나이다."

공을 치하하려는 오구대왕 전에서 바리공주는 아무것도 원하는
바가 없었다. 바리공주의 대답에 오구대왕의 얼굴에 침울한 그늘이
생기자 바리공주가 대왕의 앞으로 가까이 나아가 다시 말했다. 바
리공주의 어투는 따스하고 다정했다.

"이 나라의 대왕이자 소녀의 아비이신 오구대왕님은 본분을 되찾
으시어 오직 백성의 삶을 평안케 하는 정사에 매진하소서. 소녀가

서천서역국으로 약수를 구하러 떠난 것은 아버님의 목숨을 살리기 위한 것만은 아니었습니다. 정사가 바로잡혀야 이 나라 백성의 삶을 도울 수 있기에 그리하였음을 대왕은 잊지 마소서. 버려진 존재라는 고독감이 소녀의 마음 밑바닥에 똬리를 틀고 소녀를 괴롭게 한 것이 사실이나 저는 이제 과거의 그 바리가 아닙니다. 버려져서 원한을 품게 되면 재앙신이 되어 스스로를 심화지옥에 가둘 것이로되, 버려졌더라도 끝끝내 사랑을 품으면 자유에 이를 수 있음을 알았습니다. 먼저 깨달은 자의 소명으로 소녀는 버려져서 아파하는 여리고 어린 목숨들을 보살피는 이가 되고자 하오니 다만 그뿐이로소이다. 아버님께 터럭만 한 원망도 남아있지 않으니 염려 마소서."

바리공주가 여전히 자신을 원망하는 줄만 알았던 오구대왕은 그제야 얼굴이 평안해졌다. 길대부인이 바리공주에게 다가와 공주를 안으며 말했다.

"바리야, 내 딸아. 이제 우리 이렇게 다시 만났으니 세세토록 다복하게 살자꾸나."

바리공주가 어머니를 깊게 껴안고 두 손을 꼭 맞잡은 후 말하였다.

"저를 필요로 하는 이들은 이 궁 안에 있지 않습니다. 어머니. 소녀는 이제 처처에 가득한 슬픔을 위로하고 억울한 혼령들을 쓰다듬어 씻기는 만신의 인로왕이 되겠나이다."

길대부인이 눈물을 글썽이며 안타깝게 말했다.

"세상에 하고많은 공덕이 있건만, 왜 하필 죽은 사람들을 이끄는 고된 일을 하려 하느냐?"

애처롭게 바리공주의 어깨를 붙안는 길대부인에게 따스한 목소리로 바리공주가 말하였다.

"죽음은 삶과 한 쌍이더이다. 죽음이 죽음으로만 방치되면 재앙일 것이로되 사랑을 얻으면 삶이 되더이다. 갓 태어났을 때 이미 한 번 죽은 저를 어머님의 사랑이 살리셨고, 수미산에 버려져 다시 죽은 저를 비럭공덕할멈과 할아범의 사랑이 살리셨고, 버려진 존재라는 덫에 걸려 내가 누구인지 찾지 못한 채 헤매던 저를 약수지킴이 무장승의 사랑이 살렸습니다. 인생에는 매번 죽음의 순간이 닥치나 사랑이 없으면 죽음 앞에 엎어질 것이요 사랑이 존재한다면 삶이 되는 것이 생사의 이치임을 알았나이다. 죽음이 끝이 아니라 새로운 삶이 될 수 있도록 이끌고 인도하는 일이야말로 제가 세상에서 하고픈 일임을 생명수를 구해 오는 여정을 통해 깨달았사오니 어머님은 부디 통촉하시어 제가 행복한 길을 가도록 축원해 주시옵소서."

느지막이 궁에 도착한 무장승과 세 아들을 오구대왕과 길대부인에게 인사시킨 후 바리공주 일가는 채비를 차려 곧 궁을 떠났다. 아이를 업고 안고 손에 손을 잡은 채 걱실한 무장승의 그림자와 강단지고 표표한 바리공주의 그림자가 해거름 속에 가뭇없이 사라질 때까지 길대부인은 하염없이 딸의 뒷모습을 좇으며 합장을 드리고 있었다.

"할미, 할아비, 바리가 왔소!"

바리공주 일가가 수미산에 들르자 비럭공덕할멈과 할아범이 맨발로 달려 나와 바리공주를 끌어안았다. 할멈은 부쩍 여위어 마치 새털 같았다.

"어디 보세, 우리 아기씨. 가실 땐 혼자이시더니 오실 땐 다섯 분이 되어 오셨구랴!"

반갑게 인사를 나눈 할멈이 바리공주를 쓰다듬으며 눈물을 지었다. 병약해진 할아범이 기침을 심하게 하면서도 바리공주 일가를 위해 저녁밥을 지었다. 두레상에 둘러앉아 모두가 저녁밥을 맛나게 먹은 후에 바리공주가 두 분께 드릴 것이 있음을 고하며 품속에서 호리병을 꺼냈다. 그것이 생명수임을 알자 비럭공덕할멈과 할아범이 질색을 하며 손사래를 쳤다

"이만큼 살았으면 되었소. 하늘이 정한 때에 잘 돌아가면 되는 것이지, 무슨 욕심으로 생명수를 먹누. 젊어선 열심히 살고 노쇠하여 때가 되면 잘 돌아가는 것이 인생사 바른 길이오."

비럭공덕할멈과 할아범이 한목소리로 그리 말하였다. 할멈이 덧붙여 말했다.

"보소, 아기씨. 때가 되면 돌아가 반짝반짝 이 목걸이처럼 하늘에서 편안히 우리 아기씨 지켜보고 있어야지. 이 나이에 목숨줄 늘여 힘든 육신을 가지고 뭣 때메 그리 아등바등하겠소?"

비럭공덕할멈의 목에 바싹 마른 풀 띠가 걸려있었다. 할멈이 소중하게 그것을 쓰다듬었다.

바리공주가 그런 할멈을 보며 빙그레 웃었다.

"할미 할아비, 그럴 줄 내 알고 있소. 그래서 딱 세 모금만 남겨 왔지. 할미 할아비 하늘로 돌아갈 때가 되면 내가 평안히 극락에 드실 배를 인도해 드릴 것이니 염려 마오. 다만 아직 때가 아니니 앞으로도 일곱 해는 더 사셔야 한다오. 살아 계실 동안 이렇게 기침하며 자리보전하시면 그 모습 보는 내가 괴로우니 바리의 뜻을 좀 따라주오. 응?"

그제야 비럭공덕할멈 할아범이 바리공주가 숟가락에 담아드린 생명수를 한 모금씩 입에 물었다.

무장승과 아이들을 잠시 기다리게 한 연후에 바리공주가 너럭바위에 올랐다.

"무구야. 나 돌아왔어!"

건너편 계곡을 향해 바리공주가 소리쳤다. 휘이이잉, 바람의 말이 순식간에 바리 곁으로 내달려왔다. 바리공주의 머리칼이 바람 속에 너울거리며 떠올랐다. 수미산의 산 빛이 어른거리는 무구의 투명한 갈기에 한동안 얼굴을 묻은 바리공주가 이윽고 고개를 들고는 무구의 이마에 입을 맞추었다. 간지러운 듯 무구가 고개를 갸웃하며 하늘을 보았다.

"무구야, 나 곧 떠나야 돼."

이미 알고 있었다는 듯 바람의 말이 고개를 끄덕였다.

바리공주가 품에서 호리병을 꺼내어 남은 약수 한 모금을 무구에게 내밀었다.

"네 몫이야. 언젠가 그랬잖아. 몸을 가지고 싶다고……."

바리공주의 머리칼이 너울너울 흩날리는 중에 수미산 속에 갓 태어난 식물과 동물들의 숨소리가 바람에 실려 선명하게 들려왔다. 수천수만 가지의 숨소리들에 귀를 기울이며 바리공주가 너럭바위 위에서 두 팔을 활짝 벌려 바람의 말을 안았다.

"고마워."

바리공주의 목소리인지 무구의 목소리인지 모를 목소리가 수미산 계곡 곳곳으로 스며들며 메아리쳐갔다.

비럭공덕할멈과 할아범에게 큰절로 인사를 드린 후 바리공주 일가는 다시 길을 떠났다.

사람들은 끊임없이 태어나고 죽는다. 더러는 죽었다가 다시 살아난 사람들도 있었다. 황천강에 들었다가 드물게 살아 돌아온 이들

이 더러 황천강 가에서 꽃을 뿌리는 바리공주를 보았다고도 했다. 휜칠한 사내가 공후를 타고 아름다운 여인이 초적을 불며 길 잃은 넋배들을 인도하고 있었다고도 했다. 영문 모르고 죽은 어린아이 혼령들을 받아 안고 저고리 섶을 풀어 젖을 먹이는 바리공주를 보았다고도 했다. 세 아들 외에도 세 딸을 더 낳아 은하의 팔방 문을 지키는 별님들이 되게 한 후 세상의 슬픈 일 있는 곳이면 어디든 별빛 달빛을 흘려보내 상처를 매만지는 바리공주 일가가 있다고도 하였다.

옛날 옛적에 간날 저 갓적에 아장지 설적저게…….

영문 모르고 버려지는 것들의 슬픔이 있는 한 오늘도 이 이야기는 이렇게 시작되곤 한다.

"버려지는 존재의 슬픔이 있는 한 오늘도 이 이야기는 이렇게 시작된다."

안녕, 친구들!

바리공주, 혹은 바리데기라고 불리는 여신에 대해 한번쯤 들어봤을 거예요. 바리공주는 한국 신화에서 가장 유명한 여신이지요. 동서양 신화를 통틀어 저승을 관장하는 것은 보통 강력한 힘을 가진 남신인데, 특이하게도 한국신화에서는 바리공주라는 여신이 저승의 질서에 관여합니다. 바리데기, 버리데기, 비럭데기 등으로 알려진 이 신화는 여자로 태어났기 때문에 버려진 아이가 성장해 신이 되는 이야기입니다. '바리'나 '버리'는 버리거나 버려지는 것을 뜻하고 '데기'는 천한 것을 뜻하지요. 신데렐라를 이야기할 때 '부엌데기'라고 말하는 것처럼요. '버려진 천한 아이'라는 이름을 가진 바리데기는 성장한 후 여신이 되어 죽은 혼령을 저승으로 인도하는 일을 합니다. 누가 시켜서 하는 일이 아니라 그녀 스스로 그 일을 자신의 소명으로 생각하여 선택하지요.

우리는 흔히 '여신'이라고 하면 그리스로마 신화의 여신들을 떠올리지요. 그런데 이 여신들은 그들의 남편이나 아버지인 남신들에 종속되어 있는 경우가 많습니다. 남신들의 마음에 들기 위해 시기 질투하고 싸우며 경쟁하고 복수하는 이야기가 대부분입니다. 거칠게 요약하자면, 서양신화의 여신들은 신체만 여성일 뿐 '여성의 참된 특성'이 발현되지 못한 채 가부장적 질서에 길들여진 '남신 같은 여신'들이 많습니다. 동양신화에서 여신의 위상은 서양의 것과 사뭇 다릅니다. 그중에서도 한국신화의 '왕언니 뻘' 되는 여신인 바리공주는 그리스로마 신화의 여신들과는 전혀 다른 단독성을 갖습니다. 그녀는 '버려진 천한 아이'의 운명에서 출발해 자기 삶을 스스로 개척하며 성장하고 이 과정에서 자신의 존재 이유와 가치를 깨달아 여신이 됩니다. 기득권을 위한 경쟁과 복수를 통해서가 아니라 단독자로서의 자신에 대한 긍정과 성찰을 통해 자신의 운명을 개척하는 존재, 그로 인해 스스로 강해지는 존재입니다.

바리공주를 흔히 우리 신화의 무조신巫祖神이라고 하는데, 샤면 shaman의 조상신이라는 뜻입니다. 한자에서 샤면을 뜻하는 '무巫'

자는 하늘과 땅을 연결시키는 존재로서의 사람을 형상화하고 있지요. 하늘과 땅 사이에 좌우 균형을 이루며 손잡고 있는 사람人은 신과 인간을 연결하는 존재이자 인간과 인간을 연결하는 존재이기도 합니다. 누구나 언젠가는 경험하게 될 죽음과 죽음 이후의 세계를 보살피는 바리공주는 산 자를 보살피는 존재이기도 합니다. '씻김'과 '해원'을 통해 죽음을 보듬는 방식은 산 자의 상처를 씻기는 일이기도 하니까요.

굿을 본 적 있나요? 한국이 낳은 세계적인 작곡가 윤이상 선생은 『생의 한가운데』의 작가 루이제 린저와의 대담에서 자신의 음악세계를 이루는 뿌리에 대해 이런 말을 한 적이 있습니다. "내 고향 통영 바다 선창가에서 듣던 무녀巫女들의 노랫소리가 가슴 밑바닥에 아직도 울리고 있다"고 말이지요. 십여 년 전 제가 무척 좋아하는 세계적인 무용가 피나 바우쉬Pina Bausch가 독일의 무용단과 함께 한국에 왔을 때를 기억합니다. 그녀는 한국의 굿에 특별한 관심을 보였는데, 바닷가 마을에서 열린 남해안 별신굿을 비롯해 수륙새남굿을 본 그녀가 굿판에 어울려 신명나게 춤을 추던 모습이 기억납니다.

요즘은 굿이 '전통 예술'로 보존되는 경우가 많은데, 예전 우리 조상들의 삶에서 굿은 생활의 일부이기도 했습니다. 문학, 음악, 춤이 한데 어우러진 굿판에서 사람들은 고단한 삶을 위로받으며 쉬어가곤 했지요. 억울하게 죽은 사람들의 영혼을 잘 떠나보내기 위해서도 굿이 필요했는데, 망자를 자유롭게 떠나보내기 위한 애도의 시간이기도 했습니다. 굿판은 이미 죽은 자와 오늘을 살아내야 하는 사람들의 애환이 한 자리에서 만나 서로를 위로하고 응원하는 자리였고, 억울하게 맺힌 한을 공개적으로 풀어내는 '열린 상담소' 역할을 하기도 했습니다. 음악과 춤이 흥을 돋우고 흥에 이끌려 이야기와 대화가 오고가는 일종의 종합적 예술치료가 이루어진 장이었지요.

바리공주 이야기는 이런 전통적인 망자 천도굿인 지노귀굿과 오구굿에서 가창된 서사무가입니다. 지역과 가창자에 따라 이야기 내용이 조금 혹은 많은 부분이 다릅니다. 주요 등장인물의 수나 이름, 바리공주가 태어나는 경위나 환경, 버려진 후의 구조자나 양육자, 생명수를 구해 오는 과정과 결말도 모두 다릅니다. 하나로 완결된 기록문학이 아니라 무성한 이본異本들이 치렁치렁하게 얽키고설키며 매번 다르게 구송된다는 점에서 구비문학의 원형을 보여주지요.

수십 종에 이르는 다양한 바리공주 이야기의 이본들에는 공통적으로 보이는 서사구조가 있는데, 그것은 딸이 많은 집에 태어났기 때문에 버려진 딸이 죽을병에 걸린 부모를 살리기 위해 약수를 구해 온다는 것입니다. 이 메인스토리를 표면적으로만 읽자면, 자기를 버렸지만 부모이기에 온갖 고난을 감수하며 생명수를 구해 와 부모를 살리는 효성 지극한 장한 딸 이야기 정도가 되겠지요.

하지만 민간에서 구비 전승되어온 이야기들에는 제도적인 기록

문학이 지닐 수 없는 무수한 마찰면—틈들이 존재합니다. 겉으로 드러나는 효孝사상은 일종의 장치이지요. 효라는 관습적이고 안전한 윤리에 편승하여 생명력을 이어가는 동시에 제도와 관습의 한계를 전복하고자 꿈틀거리는 이면의 꿈들이 있습니다. 이 마찰면의 틈새에서 자라나는 민간의 꿈들을 읽어내고 새로이 해석하여 재창조하는 일이 신화를 읽는 (인)문학적 사유의 몫이겠지요.

바리공주 신화를 통해 읽어낼 수 있는 오늘의 꿈은 어떤 것일까요?

우리들의 바리는 효孝라는 기성의 질서에 짓눌려 자아를 포기하는 것이 아니라, 오히려 그것을 자아 찾기의 계기로 역전시키는 존재입니다. 선언하는 방식이 아니라 보드라운 바람이 온몸을 휘감아오듯이 이 경계를 넘어가지요. 체제 내부에 안주하길 거부하며 고난을 두려워하지 않는 바리는 낯선 세상에 자신을 던지는 모험을 통해 성장합니다.

지금은 남녀차별이 많이 없어진 사회가 되었습니다만, 바로 한 세대 전만 해도 '바리데기' 같은 여자들이 흔했습니다. 제 어머니도 바리공주의 어머니인 길대부인처럼 남아를 생산해야 한다는 가부장적 불문율 속에서 아홉 번의 산고를 치러야 했던 분이지요. 어머니 세대엔 이런 이야기들이 너무 많아서 오히려 진부할 정도입니다. 세상에, 상처가 너무 많아서 상처가 진부해질 수 있다니요. 어머니의 어머니의 어머니들의 역사가 감당해온 상처의 그늘로부터 우리는 아직 충분히 자유롭지 못합니다. 그리고 불행히도, 영문 모르고 버려지는 존재들의 슬픔은 도처에서 여전히 발견되지요. 단지 여성이라는 이유로 버려져야 했던 바리공주가 험난한 여정 끝에 무조신이 되는 과정은 그대로 이 땅에 존재했던 봉건적이고 가부장적인 질서의 모순과 부조리에 대한 저항이기도 합니다. 우리들의 바리는 '버려진 존재'로 순종하는 것이 아니라 버려진 자신의 운명과 싸워 스스로를 구해냅니다. 버려진 딸이 바로 문제해결의 주인공이 되는 거지요. 운명에 굴복하지 않고 운명을 개척하여 새로운 운명을 자신에게 부여한 전사 바리. 수처작주隨處作主 하는 그녀는 가장 능동적인 의미에서 아모르파티의 구현자입니다. 자기 자신을 지키는 한 우리는 패배하지 않습니다.

생명수를 구해 와 할 일을 다한 바리는 나라의 절반을 주겠다는 아버지의 뜻도 재물도 마다하고 무조신이 되기를 자청합니다. 자신이 이룬 사랑의 힘으로 버려진 존재들을 보살피는 존재가 되기를 희망하지요. 현실세계의 부와 권력이 자신의 진짜 행복이 아님을 알아챈 바리의 선택은 자기 자신에게 고유하게 내재하는 행복의 감각에 예민하게 깨어있으라고 우리를 자극합니다. 권력자가 주는 보상을 받아들임으로써 얻어지는 수동적인 성공을 거부하고 스스로가 원하는 일을 선택하는 바리는 기성 체계가 만든 어떤 제도도 규칙도 여러분을 옭아매게 하지 말라고 전하는 듯합니다. 스스로 자유롭고 스스로에게 가장 적합한 행복을 찾아내는 능력이 필요한 것이지, 성공이라고 일괄 제시되는 외부의 가치에 물음표를 던져야 한다고 말이지요.

우리 모두 상처 많은 시대를 살고 있습니다. 극단적인 대립과 이분법이 넘쳐나고 보복과 폭력이 난무하는 때입니다. 갈등과 분쟁이 끊이지 않는 세계의 폭력에 일상적으로 직면해있는 우리가 평화를 구할 수 있는 방법을 바리로부터 타전받을 수도 있을 것입니다. 제가 생각하기에 한국의 바리공주 신화는 강력한 보편성과 미래지향성을 가지고 있는데, 그 핵심은 바로 바리의 이야기에 경쟁과 원한과 복수가 없기 때문입니다. 복수와 증오로는 참된 자신을 찾을 수 없습니다. 자신만의 행복의 감각을 통해 스스로 자유로워져야 하지요. 참된 자아를 찾아서 모험하는 바리, 사랑을 통해 강해지는 바리, 자신을 부정한 존재를 원한과 증오가 아닌 포용과 용서로 끌어안음으로서 세계의 상처를 향해 손 내미는 바리공주는 지금과 같은 시기에 우리에게 꼭 필요한 힘이 무엇인지를 생각하게 합니다.

11년 전 저는 바리공주 이야기를 '어른을 위한 동화'로 쓴 적이 있습니다. 그리고 이제 십대 청소년들을 위한 소설로 이 작품을 개작하여 다시 내놓습니다. 지난 11년간 바리공주 신화는 일반에 많이 친근해졌습니다. '기억해야 할 우리 신화'로 동화를 비롯해 다양한 장르에서 꾸준히 창작되어왔지요. 그만큼 바리공주 신화는 현재를 살고 있는 우리 내면의 어떤 꿈을 자극합니다.

제가 11년 만에 바리공주 이야기를 청소년소설로 개작하게 된 가장 중요한 이유는 여러분이 아직 기성의 체제에 물들지 않은 말랑말랑한 영혼들이기 때문입니다. 이 땅에서 살아가고 있는 '어른사람'으로서 청소년 여러분 앞에 많이 부끄럽습니다. 경쟁, 서열, 학연, 지연, 스펙, 승자독식, 이런 불행한 말들의 진창이 되어버린 기성의 질서는 솔직히 말해 희망적이지 못합니다. 그러기에 더욱더 바리의 이야기를 청소년 여러분과 공유하고 싶었습니다.

현실이 암담할수록 더욱더 스스로를 사랑할 수 있는 힘을 가지자고 손 내밀며 우리 내면을 깨우는 바리. 버려진 존재에서 여신이 되는 바리가 온몸으로 보여주듯이 사랑하는 자, 자신의 행복에 깨어 있는 자, 자신이 무슨 일을 할 때 가장 충만한지 깨닫고 자신의 목소리를 따라가는 자, 두려움 없이 자신을 찾아 떠나는 여행을 감행하는 자, 이런 사람들이 많아질 때 희망은 자연스럽게 우리 내부에 스며들게 될 것입니다. 무한한 응원과 사랑을 보냅니다.

2014년 5월 봄내에서 김선우